月が導く異世界道中

Tsukiga Michibiku Isekai Dochu

あずみ圭

Azumi Kei

16

主な登場人物
澪（みお）
元は巨大な蜘蛛。
真と契約して、人の姿を得た。
主の真を喜ばせるため
日々料理の研究に勤しむ。
チヤ
リミアの勇者響《ひびき》の
パーティーに同行している
ローレルの巫女。
ちょっと真を怖がっている。
深澄 真（みすみ まこと）
本作の主人公。
親の都合で異世界へ召喚
されちゃった悲運な高校生。
貴族の謀《はかりごと》に
巻き込まれがち。

ライム=ラテ
クズノハ商会の従業員で
密偵としての顔も持つ。
気配り上手でデキる男。
識(しき)
元は「リッチ」と呼ばれる
骸骨型のアンデッドモンスター。
真と契約したことで
人の姿となった。
真と違って異性から結構モテる。
巴(ともえ)
元は「蜃《しん》」と呼ばれた竜。
真と契約したことによって
人の姿を得た。
相変わらず温泉開発に
余念がない。

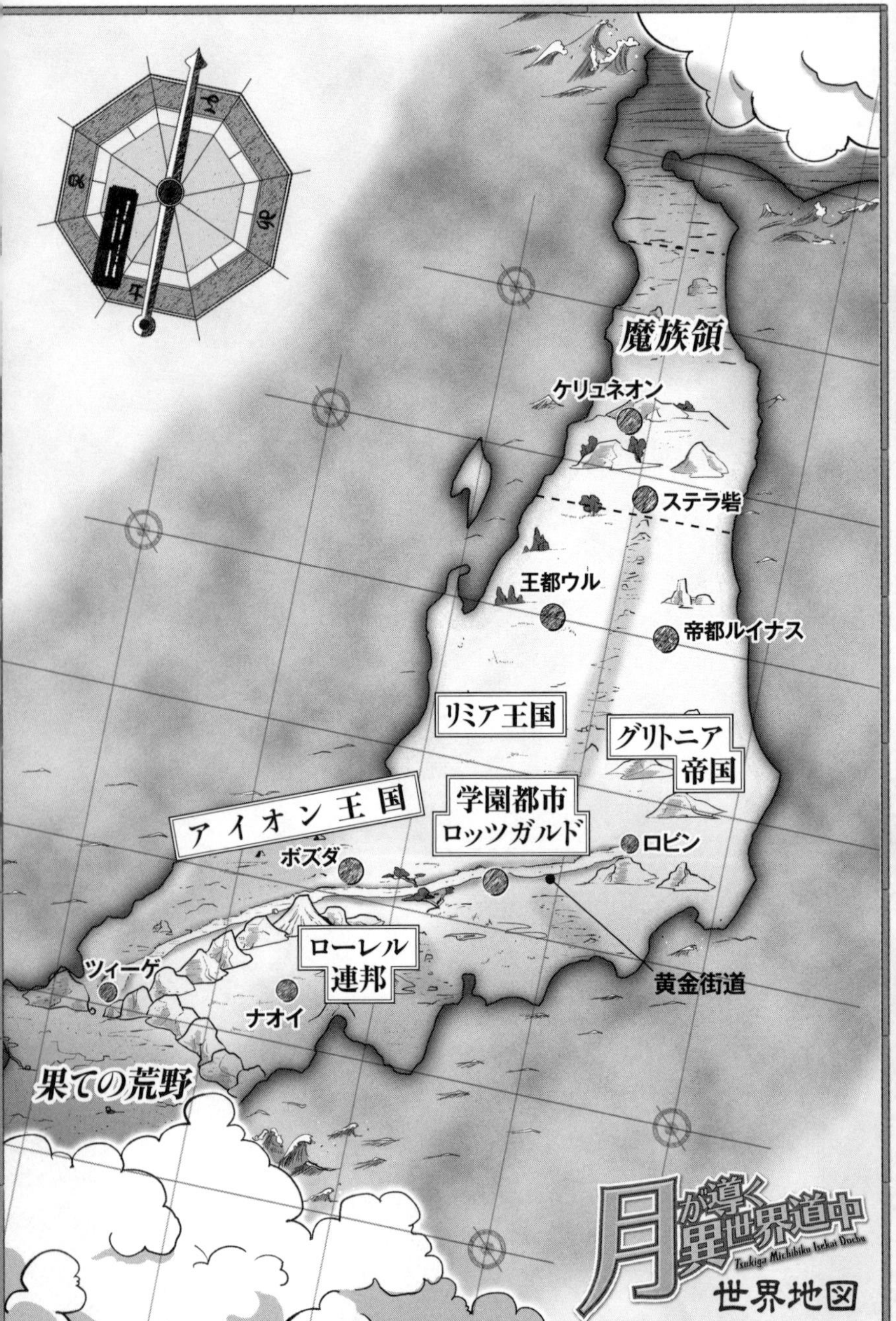

魔族領
ケリュネオン
ステラ砦
王都ウル
帝都ルイナス
リミア王国
グリトニア
帝国
アイオン王国
学園都市
ロッツガルド
ロビン
ボズダ
黄金街道
ローレル
連邦
ツィーゲ
ナオイ
果ての荒野
月が導く異世界道中
Tsukiga Michibiku Isekai Dochu
世界地図

1

——時は少し遡《さかのぼ》る。

ケリュネオン奥地にある吹雪止《ふぶきや》まぬ魔の山で、温泉郷が驚愕《きょうがく》のスピードで建設されている最中《さなか》の事だ。

クズノハ商会の幹部である巴《ともえ》は、温泉の工事の進捗《しんちょく》を確かめた後、用事を片付けるために席を外した。

彼女の行き先はリミアにある湖。

巴も、そして彼女の主《あるじ》——深澄真《みすみまこと》も以前訪れた、森の中の静かな湖だった。

名をメイリス湖という。

リミアを守護する上位竜リュカが住まう場所だ。

先ほどまでの楽しげな様子など一切感じさせない巴は、腰の刀を抜いて一閃《いっせん》する。

その直後、実に不思議な光景が眼前に現れた。

巴の刀が走った軌跡《きせき》の部分に目を向けるとメイリス湖の中央に島が見えるが、それ以外のどこから見ても湖に島などない。

再び巴が刀を振るった。

うっすら輝く軌跡は裂け目のように広がり、巴はその中に入っていく。

彼女が中に消えてしばらくすると……裂け目はなくなり、メイリス湖に静寂《せいじゃく》が戻った。

「流石《さすが》に自らの領域に侵入されれば警戒はする、か。もっとも、ソフィアとランサー如《ごと》きにも効果を為さなかったものが儂《わし》に通ずる事など、ありえんがな。さて……」

竜殺しソフィアと上位竜ランサー。かつてここでリュカを屠《ほふ》り、その力を奪った者の名だ。

周囲を見渡した巴は、大きく息を吸う。

「リュカーー!! 出て参れーー!!」

刀を納めた巴が、大声でこの空間の主である上位竜の名を呼ぶ。

しかし返事はなく、水辺から何者かの気配が現れた。

「む……眷属か。余計な手間を省きとうて、わざわざ大声を出してやったんじゃがなあ」

そこにいたのはゲル状の魔物だった。真がクズノハ商会の代表ライドウとして、リミアの勇者音《おと》無響《なしひびき》と共にここを訪れた際にも、案内を務めた魔物だ。

「リュカを連れて参れ。上位竜同士の用件ゆえ、眷属の出る幕ではない」

「……」

巴の言葉に反応し、ゲルが不規則に震える。しかし、リュカを呼んでくる気配は見られない。

「やれやれ。面倒だが……仕方あるまいな」

巴は嘆息《たんそく》を一つ。

次いで、刀の柄《つか》に手を置き、わずかに目を細める。

直後、小さな竜がふわふわと宙に浮きながら湖面を進んで、巴に近づいて来た。

転生したてのリュカだ。

翼を使っている様子はなく、魔術で飛んでいる。

「何用ですか、蜃《しん》——いえ、巴」

「止めに出てくるなら最初から下らん様子見などするな。面倒臭い」

巴はリュカを視界に入れると、刀に手をかけたまま文句を言った。

納刀する気配は、ない。

「無礼な訪問の用件は何か、と私は聞いたのですが？」

「相変わらず、生真面目《きまじめ》じゃのう」

「貴方《あなた》は、随分《ずいぶん》と変わったようですね。怠惰《たいだ》と気紛《きまぐ》れ、惰眠《だみん》の象徴だった霧《きり》の竜とは、とても思えません」

「色々あっての」

「それは興味深いですね」

「……」

「……」

巴とリュカの間に不穏《ふおん》な空気が流れる。

「さて、用件じゃったな。リュカ、どういう理由かは知らぬがお前、以前の記憶を持っておるな？」

「……何を根拠に言っているのか。我ら上位竜の中でも記憶を保《たも》ったまま転生する秘儀《ひぎ》を有しているのは、白の砂漠にいるグロントだけですよ、巴」

「うむ。じゃからルトと儂も安心しておった。ソフィアなんぞにやられおったお前達じゃが、まあ何事もなく転生して新たに生きておればそれでよいとな。気にも留めておらなんだよ」

巴の言葉からは、彼女と〝万色《ばんしょく》〟の上位竜ルトが今回の転生の件で何やら動いているという事が窺《うかが》え、リュカはわずかに警戒を強めた。

彼女から見て、今回のルトの暴走は度が過ぎている。極めて危険な兆しだ。

「ならば問題ないでしょう。眷属の者達から聞かされましたが、あの者に敗れた事は確かに不覚。誹《そし》りも甘んじて受けましょう」

「……じゃがのう、リュカ。ちと気になる事があって〝夜纏《よまとい》〟――ドマの奴の卵から記憶を読んでみたら、しっかりソフィアに殺された記憶を残しておってのう」

巴の言葉を受け、リュカの口元がわずかに歪《ゆが》む。

「っ。かつてない事態ですね。そのような能力のない彼が前の記憶を残して転生するなど」

「アズマも生まれたばかりじゃったが、確かめたところ記憶を保っておった。ならばお前だけがいつも通りの転生をしたと考えるのは不自然じゃな、リュカ？」

〝夜纏〟ドマ、〝紅璃《あかり》〟アズマ、そして〝瀑布《ばくふ》〟リュカ……いずれも一度ソフィアに討たれて転生した上位竜である。

「巴、いい加減になさい。たとえ前の記憶を持っていたとしても、それが貴方の来訪にどう影響するというのですか」

「そうでなくば、お前の若――我が主への警戒が説明できんのじゃよ。今、儂に記憶を見せまいと防いでおる理由もな」

「ライドウへの警戒？　一体何を」

「若の記憶の中で、お前は若を明らかに過剰に警戒しておった。分からんか？　それが、〝儂がアズマとドマの記憶を調べる切っ掛け〟なんじゃよ。全てはお前の態度から生まれた疑問よ」

静かに言葉を続ける巴。

一方、リュカは巴が口にした〝若の記憶の中で〟という言葉に、明らかに驚きを示した。しかしその変化はすぐに消え、表情に自信が戻る。

「ふふっ、若の記憶？　ライドウに支配される身である貴方が、主である彼の記憶など見られるわけがないでしょう。ハッタリはやめなさい」

「……儂らの関係は少々特殊でな？　若は儂に惜しげもなく記憶を晒《さら》してくださるのじゃ。まあ、ここまで話をしている時点で最早確認の意味もない、か」

二人の間に流れる空気がわずかに変わる。

否、巴が変えた。

「記憶を、他者に惜しげもなく見せる？　そんな馬鹿《ばか》なヒトがいるわけがありません。それに私が見た限り、ライドウは他人に記憶を覗かれる事をよしとする精神を有してはいません」

「ふっ、お前に若の何が分かるか。あの二人を見て、それでも響に期待するような者に理解できようはずがない」

主の、ライドウの記憶を見なければ口にできないはずの言葉が次々に巴から出てくる事実に、リュカがたじろぐ。

「……まさか、本当に従者に記憶を見せる主人など、そんな馬鹿げた存在が」

リュカは主人と言ったが、ヒューマンや人間に限らずある程度の知性を持っている種族の個であれば、他者に——しかも従僕としている存在に、記憶を見られる事をよしとするわけがない。

少なくともリュカはそう思っている。

だからこそ信じられなかった。

しかし事実、巴はまるでライドウと自分の会話を見てきたように知っている。

リュカとしては、ライドウ個人にさほどの警戒心を抱かせたつもりはない。アレは腹芸を得意とする人物ではないし、客観的に体験を話す特技なども持ち合わせていないはずだ。

はず、ハズ、筈《はず》。

リュカは自身が願望を前提として思考している事に気付く。

巴が言っているように、ライドウが記憶を晒しているという説明が一番しっくりと来る——そんな恐ろしい事実にも。

「誤算じゃったなあ。裏で動くつもりが、あっさりと露見《ろけん》してしまった。リュカ、もう分かっておろうな？　儂の目的はお前の命、じゃよ」

「上位竜同士が殺しあう？　ライドウにそこまで狂わされましたか、巴」

リュカの言葉に、巴は喉元《のどもと》で笑う。

彼女には珍しい獰猛《どうもう》な笑いだった。

「かもしれんのう。あの方は実に麻薬じみた魅力《みりょく》をお持ちじゃ」

「どう考えても、その言葉が当てはまるのは勇者のいずれかであると思いますが？」

「誰の目にも良いもの、大勢から賞賛を受ける者はその実、誰一人熱狂させる事ができぬ、とも考えられる。より最大公約数を求めた結果は無難なものにまとまる事もある。その反例としての考え方かもしれんがな。うちの若は万人受けはせんが、ほんの一部の者を魂《たましい》の底から熱狂させる、そういう方なんじゃよ」

「私にはその魅力がまるで分かりませんでしたね」

「じゃろうな。だから響と組んだ。そうじゃろ？　若を秘蔵の書庫に入れ、胡散臭《うさんくさ》い召喚儀式など紹介したのも、お前が若を警戒し、恐れるがゆえ。さっさとこの世界から若を消したかったか？」

「あくまで儀式は、彼の望むものかと思ったのですがね……」

「否定はせん。じゃがあの儀式、随分と癖《くせ》がある様子。分析は済んでおらんが、まともな儀式ではなかろう。よくもまあ得体の知れんモノを若に持たせてくれたものよ」

「私も詳細までは知りませんでしたよ。ただ、代償を払えば召喚された者を確実に元の世界に帰す儀式として収録されたものに間違いありません」

「……ふん。まあ、それはお前に聞かずともよいわ。転生したばかりのお前らには悪いが……もう一度転生してもらうぞ。この上裏でこそこそする輩が増えては目障《めざわ》りで仕方ない」

「私の領域に単身やってきてその言葉を吐くとは、少々正気を疑いますね、巴。私も貴方も、己《おのれ》の領域ではおよそ敗北はありえ……ら？　お前ら、ですって？　まさか貴方」

「アズマは儂、ドマはルトが……じゃがな。とりあえず今度の転生では、記憶は引き継がれておらん。前回は死に方がイレギュラーじゃったから、と儂らは見ておる」

「よくも平然と……ライドウが女神以上にこの世界にとって危険だと、こんな簡単な事さえ分かりませんか、ルトも、貴方も」

巴は無言で太刀《たち》をリュカに向ける。

一気に空気が張り詰めていく。

「私の領域で亜空《あくう》は展開させませんよ。ソフィアの時の不覚は繰り返しません」

「哀れじゃなあ。亜空など、元々使う気はないわ。残念じゃが、儂と今のお前では勝負も成立せん。こんなもの、不愉快な雑事でしかないわ」

そう言うなり、巴は魔力を纏《まと》うリュカとは異なる方向に刀を振るった。

その一撃で、巴に攻撃を仕掛けたゲルが、真っ二つになる。

音もなく、素早いモーションの変化だったにもかかわらず、巴は視線を逸《そ》らす事なくそれを――獲物を捕食する瞬間のクリオネに酷似《こくじ》した姿に変わったゲルを、斬って捨てた。

以前の、力任せに刀を扱っていた巴の姿はもうない。

少なくとも刀の扱いを知っている体運びだった。

開戦だ。

「この！」

リュカの声に反応して、湖から輝く水柱が無数に立ち上る。己が構成する空間で、しかも得意な属性の術ともなれば、リュカには詠唱など不要だった。

渦巻《うずま》く多数の水柱が自在にうねって多彩な軌道を描き、巴に襲い掛かる。

無詠唱による威力の減衰《げんすい》など、欠片《かけら》も見えない。

しかし、巴は微塵《みじん》も焦《あせ》った様子はなくその状況を見つめ――何を考えたのか、刀を鞘《さや》に収めた。

「耐性があるから耐えられるとでも!?」

「……」

巴はそのまま動く事すらなく、次々に水柱に貫《つらぬ》かれていく。

宙に持ち上げられた彼女はそこでも荒れ狂う水に襲われていた。

「っ!?」

その光景を見ていたリュカが、突然息を呑む。

無理もない。

いきなり目の前から何もかもが消え去ったのだ。

リュカが湖の水で大技を放つその直前まで、時間が巻き戻ったかのように。

――ただ、巴の姿はあるべき場所になかった。一瞬でそれに気付いたリュカが、彼女の姿を追う。

「遅いのう」

「ば、かなっ」

上空から聞こえた声に、リュカは思わず呻《うめ》く。

しかし、適切な対処ができない。

上から降ってくる巴は、既に腰の刀に手をかけた後だった。

まるで間に合わない。

「――っ」

目に追えぬ高速の斬撃。

巴が最近励《はげ》んでいる居合《いあ》いの太刀だ。

やや高く浮いた自分の体を上から下に通り過ぎていく巴の姿が、リュカにはいやにゆっくりと感じられた。

そしてまた、巴を見失う。

湖面に落ちた音も、様子もなかった。

何をされたのかいま一つ分からぬ混乱の中、リュカは全方位に攻撃を仕掛け、どこかに確実にいる巴を退《ひ》かせようと試みる。

互いに能力は知っているはずの相手との戦いだというのに、巴の手が全く分からず、リュカは焦っていた。

恐怖もまた彼女の裡《うち》に生まれていたが、自分ではまだ気づいていない。

「アズマもそうじゃったが、やはり弱い」

「蜃、そこにっ!?」

リュカはつい、かつての名で巴を呼び、次いで己の身に起きた事を知った。

視界がゆっくりと変わっていく。

原因が、首を刎《は》ねられたからだと気付いた時にはもちろん手遅れで――

リュカの頭が静かに湖に落ちていった。

「もう終わりかの」

「……まさか」

巴の問いに答え、リュカの頭が言葉を紡《つむ》ぐ。

一瞬で湖面が凍りつき、少し遅れてふわりと湖面に降りた胴体が、氷の上に転がった己の頭を手にした。

「まるでアンデッドじゃな」

巴は驚きもせず、頭を元の位置に戻して繋《つな》げるリュカを見て苦笑した。

「この場で戦う以上、この程度の状況は読んでいたでしょうに」

「無論じゃ。逆にお主は儂の手の内がまるで読めんようじゃがな」

「……確かに。戦士として戦うかと思えば術を用い、そして防ぐでも食らうでもないあのやりよう……幻術ですか」

「その通り」

「幻術と分かれば、対処など容易《たやす》い。幻と分かる幻に意味などありませんよ？」

「さて、どうかのう。どこまで幻術であったかも見切れないそのザマでは、な」

巴は腰を落とし、突然その場で居合いを放った。

遠目でも辛《かろ》うじて抜き手が追えるだけの凄《すさ》まじい速さに、リュカが表情を硬くする。

「なんの真似《まね》です？」

「すぐに分かる」

「……不愉かっ、あ？」

突然、リュカは肩口に鋭《するど》い熱さを覚えた。

視界が真っ赤に染まる。

吹き上げた血のせいだ。

誰の？

言うまでもなく、リュカ自身のものだ。

斬られた。

彼女がその事実に気付くまでに数秒を要した。

「儂の手下に持たせた刀には〝マーキング〟という能力があってな。条件を満たした相手なら、距離も射程も無視して自在に斬れる。……もっとも、魔力の消費も馬鹿にならんが、それでも刀一本でやっていくつもりなら有用じゃ。面白そうじゃったから、儂の刀にも付与させた」

「まるで曲芸ですね」

リュカの傷が瞬《また》く間に癒《い》えていく。ここは彼女の支配する――全てを最も優位に展開させられるはずの場所。

事実、首を刎ねられても、あからさまな重傷を負わされても、彼女はそのダメージに動じていない。

しかし、痛みを感じていないのは巴の妙技の副作用、というわけではない。リュカは上位竜きっての回復魔術の使い手だ。

「治癒《ちゆ》の術、回復にかけては上位竜でも並ぶものがいない、か。名も腕も一応は錆《さ》び付《つ》いてはおらんな」

「こんな攻撃で、私を殺せると？」

「ほんの試し斬りと、儂の修業の成果を確かめたかっただけじゃよ。もう、終《しま》いにしよう」

言うが早いか、巴の姿が合わせ鏡のように増えていく。地の利などまるで無視した巴の暴力が加速していく。

横一列に並んだ全ての巴が、静かに詠唱を始めた。

「また幻術ですか！　何をする気かは知りませんが、やらせません！」

リュカは増えた巴を次々に魔術で消していく。

しかし、消したそばから巴の姿はさらに増えていき、まるで状況が変化しない。

「ここまで大規模の幻術など、どうしてここで！　……まさか、気付かぬうちに亜空に引き込まれているとでも……」

「そのような姑息《こそく》な真似はせん」

「そこですか！」

リュカは巴の声がした方向に、即座に高めた力を乗せて全力のブレスを見舞う。

以前、魔族領でルトが放ったそれと比べると微々たる威力だが、小さな体から撃たれたものとしては相当なブレスだった。

図体《ずうたい》だけの中位竜レベルなら一瞬で氷塵《ひょうじん》となって消し飛んでいただろう。

リュカのブレスは巴を捉えたように見え——しかし急速に薄れて消え去った。

当然、巴は無事だ。

「一体、貴方は何を仕掛けているのですか……」

「恐らくは覚えている事もかなわぬじゃろうが……有幻無実《うげんむじつ》。それがお前を殺した術《わざ》じゃ」

「殺した？　何を」

「これで、気付けるか？」

巴がリュカに腕を向けると、風が吹いた。

なんの魔力も籠《こ》もっていない、正真正銘《しょうしんしょうめい》、ただの風だった。

「風？　これで何が——!?」

「……」

「体が、霧に!?」

「夢幻《ゆめまぼろし》と現《うつつ》とは、果たしてどこにその境界線があるんじゃろうなあ」

巴が独り言めいた呟《つぶや》きをこぼした。

風に流されるまま、リュカの体が少しずつ薄れ、手足、翼から崩れて消えていく。

リュカがそう感じた通り、風に押し流される霧、それに映った幻を見ているかの如き、奇妙な光景だった。

「幻術などで！」

リュカは今起こっている事象を即座に幻と断じた。

打ち払おうと術を展開したものの、状況は何も変わらなかった。

魔術が発動すらしない。おかしい。

「無駄《むだ》じゃ。己自身が一瞬でもそう疑ってしまった時、お前のその身は真《まこと》の幻と成り果てた。最早消えゆくのみ、じゃよ」

「他者を幻に変える術など、そんなものが、そんな力が」

明らかに上位竜すら超え、世の理《ことわり》を逸脱《いつだつ》した能力だ。

「ならば、攻撃を幻にするのは認めるのか？　まあ、好きに解釈せい。頭だけになっても恐怖に顔を歪めぬのは立派じゃったぞ」

「待ちなさい、どこに行くのですか！」

「終わったでな、お主より余程大事な〝温泉〟が待っとる。それに、夕食に遅れては若にいらぬ心配をさせるしのう。お前や他の上位竜などの事で、あの方の心を乱しとうない」

「蜃、巴！　ま、て……」

死ぬ。

リュカは確信した。

幻術がどうこうどころか、どのような技をいつ食らったのかも分からないが、このままではあと十秒もしないうちに死ぬ。

「ではまたな、リュカ」

「まっ……て……」

リュカの姿が掻き消え――なかった。

「!?」

一閃。

鳴き声に似た独特の響きを伴った矢が、背を向けた巴とリュカの間を貫いた。

矢はそのまま湖の中に消えていく。

前に亜空で面白がって試作された音の出る破魔矢《はまや》、破魔鏑矢《はまかぶらや》のそれに酷似した音であった事に気付いた巴が、はっとして振り返る。

矢の影響は覿面《てきめん》だった。

いつの間にか、巴はリュカの住まう裏世界のメイリス湖から表の世界に戻ってきていた。

一方、リュカはと言えば、消えていった時の逆再生で体が無事に再生している。

間違いなく、生きていた。

巴は一瞬苦渋《くじゅう》に満ちた表情を浮かべ、そして大きく溜息を吐く。

「参りましたな、若。儂のやりそうな事などお見通し、というわけですか?」

巴が相応の数を始末したので、流石に眷属は目減りしていたものの、リュカ自身は生きていた。

今、巴は確かに感じる主の気配に動けずにいる。

リュカもまた動けない。

もしも巴の言う通りライドウの介入があったとしたなら、自身の敵意も彼に知られている事になる。

ライドウは一旦生かした相手であっても、必要とあれば〝殺しなおす〟のを厭《いと》わない。

リュカの中で、彼は相当容赦《ようしゃ》のない存在として認識されていた。ソフィアの顛末《てんまつ》を間近で見ていたのだから、ある程度偏った印象になるのは無理もないが。

そして……その場にはもう、何一つ動くものはなく。

元々静かだったとはいえ、あまりにも不自然な、完全な静寂が一帯を支配していた。

そんな中――

「いや、偶然。ちょっとリミア絡みで面倒になりそうで、巴を探してたら、何故かリュカを成敗するとこだった」

自然な仕草で湖畔《こはん》に現れたのは、巴の主にして騒動の元凶ともいえる男、ライドウ。

散歩途中ですと言われても信じてしまいそうなほど、平常運転の彼だった。

「そのままでお待ちいただければ、一件落着でしたのに」

「なんか斬り捨て御免な空気を感じたんだよ。それにリミアの件だって言ったろ？　力を貸してもらう事だってあるかもしれないじゃないか」

「あぁ……そういえば仰《おっしゃ》ってましたな、霧の沼地だとか。ナイト、風呂《フロ》と樽《タル》？」

「!?」

巴の口から忌まわしい土地の名に近い響きが出た時、一瞬リュカの全身が強張《こわば》る。

「違うわ！　ナイトフロンタルだ！」

「精霊の死骸《しがい》でできた霧なぞ気味が悪い。まとめて消し飛ばしてさっさと戻ってこられたらよろしい」

「そうもいかないよ。響先輩と少し口喧嘩《くちげんか》もしちゃったし、ホープレイズさんのところは間接的に息子さんを死なせてるし」

「……どちらも若が気に病《や》む事ではありませんぞ？　些事《さじ》です些事」

「頼むよ、巴。召喚魔術で上位精霊を呼んでもおかしくないような演出と、魔力の量。相談に乗ってくれ」

「儂には温泉があるんですが。最速で混浴――いえ、皆《みんな》の日々の疲れを癒《いや》したいと、全身全霊なんですが」

「その分、お前には記憶もばんばん見せてるでしょ？　ほら、働く働く」

「……うむ～、若にそこまで言われては否とは申せません。リュカ、命拾いしたの？」

不服の感情を視線でリュカにぶつける巴を、真が窘《たしな》める。

「獰猛な目で元同僚を睨《にら》むな！　んじゃ、リュカさん、すみませんがこれで失礼します。近々少しお願い事で伺うかもしれません。よろしくお願いします」

「あ、ええ……その、こちらこそ助かりました？　ええっと……」

「いえいえいえいえ、では～」

色々と誤魔化《ごまか》すように、胡散臭い〝いえいえ〟を残して……ライドウは巴と共に霧の門に消える。

湖に残されたのはリュカ一人。

しかし、決して前の彼女ではなかった。

明らかに桁《けた》の違う力を巴に見せつけられた。

勇者響を推すという選択に後悔《こうかい》はない。

だが。

リュカの心中に疑念が生まれる。

事はもう手遅れなのではなかろうか、と。

ライドウは近々また来ると言う。

恐らく、ナイトフロンタルで何かやらかすのだろう。

一体自分は何を求められるのか。

結果としてはクズノハ商会に殺されかけ、クズノハ商会に救われるという、マッチポンプ以外何者でもないやり方で命の恩人となったライドウの求めとは。陰鬱《いんうつ》な思いにげんなりしながら、リュカは自らの住まいに戻っていくのだった。


——一方。

真の相談に乗り終えた巴は、ケリュネオンに戻って存分に温泉への情熱を燃やした。

彼女は、いつものように皆と夕食をとり、何事もなく一日を過ごしたのだった。

2

クズノハ商会の代表としてリミア王国を訪問していた僕――深澄真は、かの国の大貴族アルグリオ＝ホープレイズ氏の依頼を受け、ナイトフロンタルという厄介な湿地帯の調査をしていた。

湿地内にあるボロ小屋を改修（ほぼ新築）して拠点を確保した僕達調査隊だったが、そこで謎の黒い霧に〝皆殺し〟宣告をされ、脱出不可能な状況に陥《おちい》ってしまう。

まさに秘境探検的展開です。

とはいえ、僕や従者の澪《みお》は霧の門で簡単に行き来できるんだけど。

そんなわけで、亜空やら何やらで所用を済ませて、コテージに戻ってきた僕。

絶体絶命の状況で拠点を長く空けてしまった事を、調査隊の面々が不審に思うといけないので、留守にした表向きの理由は考えてある。

でも、僕らが選んだのは、やはり力業《ちからわざ》だった。

流石に調査だけじゃあ弱いし、後々誤解もされそう。

だってさ、僕には突然綿密な計画を練るのは無理だし、もっともらしい理由付けで説得できる言い訳なんて思い付かんですよ。

それに、ナイトフロンタル《こっち》に来てからの経験で、こういう時はでっかくぶち上げる方が意外とバレないもんだと学んだ。

「改めて、戻るのが遅れてすみませんでした。調査と並行して、こちらも協力者を用意すべきと思いまして……実はそちらの準備も進めていたんです」

ちょっと前にこの環境に〝ちょうど良い存在〟と知り合いになっていたのを思い出した僕、グッジョブだ。

僕は調査隊の面々に声をかけ、拠点として急遽《きゅうきょ》エルドワことエルダードワーフ達に造ってもらったコテージから皆を連れ出す。

この場にいる人の中でクズノハ商会関係者は、僕と澪、そして従業員のライム＝ラテだ。

それ以外の面子《メンツ》は、ローレルの巫女《みこ》チヤさん、エンブレイ商会のルーグさん、リミアの貴族ジョイ＝ユネスティ、そして不運にもこの場に居合わせる事になった荷運び兼、下働きの奴隷《どれい》の三名。

この三人の内訳は、女性一名男性二名、まだ若くて歳も近そう。

一度はかなりナーバスになった彼らだったけど、美味《うま》い飯と十分な睡眠、そして個別の面談で多少は親しくなったのが効いているのか、今は大分落ち着いてくれている。

パニックを起こさせないのが緊急事態での死者を減らす一番の方法だと思うので、これはありがたい。

聞き上手のライムを連れてきていて本当に良かった。

もちろん、事態が長引けば、また精神も不安定になるだろう。

でも僕はそこまで状況を引っ張るつもりはなかった。

いつまでもこんな所で足踏みしているわけにもいかないから。

「協力者と言われましても、今ここに助けに来られる方がいるとは思えぬのですが」

僕の釈明《しゃくめい》に口を挟《はさ》んだのはルーグさんだ。

しかしこれが彼一人の意見でない事は明らかで、そうだそうだと肯定する視線がグサグサ刺さってくる。

「やりようは色々ですよ。世の中には召喚という技があります。冒険者や城仕えの方には使い手もいるかと思いますが」

「召喚、もちろん知ってます。……使えるんですか？」

そう言いながら、ローレルの巫女様、チヤさんが僕らを見る。

正確には澪を見ていた。

僕とライムには彼女の視線は向いてない。

心眼とかいう特殊なスキルで澪の正体――黒蜘蛛《くろぐも》を見たようだから、蜘蛛の眷属を呼び出すと思っているのかも。

あまり歓迎している口調じゃないもんな。

ライムも苦笑してる。

「はい、使うのは澪と僕で」

「あの……ライドウ殿は召喚魔術も使うんですか？」

ジョイさんが呆《あき》れを含んだ声で疑問を発した。

失礼な――いや、こういう展開は前もあったな。

確か……そうだ。

ロッツガルド学園で僕が受け持っている講義の最中。

生徒のジン達の鍛錬《たんれん》相手にミスティオリザードを召喚した時に、似たような事を叫ばれたんだった。

召喚が（疑似的に）使えると言ったら、あいつら、召喚〝も〟じゃねえかとか、それはもう失礼に。

果ての荒野じゃなくても危ない土地に向かう事もあるだろうし、商人が魔術や体術を嗜《たしな》んでいてもなんの問題もないと思うんだ。

それに、体術や武術と違って、魔術は魔道具の類《たぐい》で補強する事も容易いんだからさ。

まあ、今回は魔道具を理由にする手は使わないんだけど。

……あ、よく考えたらその手もあったか。

魔族のところには竜を召喚する道具だってあったんだから、僕もそれに倣《なら》えば良かった。

しくじったな。

「偶然教えてくれる方が近くにいまして。同じ説明をするのは何度目かになるやもしれませんが、これでも僕は荒野を駆ける商人ですから」

「は、はあ。荒野という所だと商人ですら魔術の一つや二つ使えないと通用しないのですか」

僕の説明を聞いても、ジョイさんはまだ釈然《しゃくぜん》としない様子だ。

「……ジョイさん」

「え？」

「どこに身を置こうと、最終的に自分の身を守れるのは自分だけです。体と魔術を鍛《きた》えて損をする事などありません」

「……」

おっと、つい本音《ほんね》が。

ジョイさん黙っちゃったよ。

そんな彼に代わって、ルーグさんが応える。

「ですな。かといって、商人に召喚魔術が要求される場面など私は知りませんし、商人や貴族には武技や魔術よりも優先すべき取得スキルが多々あるのも事実ですが。時間は無限ではありませんから」

おおう、辛辣《しんらつ》。

「ケ、ケースバイケースですよね、はは」

「しかし現状、それが我々の光になるからこそ、ライドウ殿と澪殿はその準備をしてくださった。ならば、文句よりも期待と沈黙こそが正解でした。つい下らぬ口を挟みました、申し訳ありません」

ルーグさんが頭を下げる。

いや、時間は有限って考えは大事だ。ジョイさんは領主だし、身につけるべき事は尽きない。戦士や魔術師の真似事に傾倒《けいとう》するのは良くないよな。僕の失言だったかもしれない。

まあ、皆の疑問に順番に答えるより、やってしまった方が早い。

といっても、他の――チーム奴隷の皆さんは、外の雰囲気《ふんいき》にビビりながらも、何か言う気配はない。

彼らは彼らでナイトフロンタル以外の問題を抱えているみたいだけれど、ルーグさんが機会を与え、彼ら自身がチャンスを掴《つか》んでここにいる以上、僕らができる事は知れてる。

おし、じゃあやるか。

僕は召喚をもっともらしく見せる演出を始める。

なんで大量の魔力を放出しながら派手な魔法陣を出現させるだけの魔術なんて、頑張って作っちゃったかね。

本当に、らしい魔道具にすれば良かった。

「澪、それじゃあ頼む」

メインの詠唱は澪。

そして僕は彼女をサポートする雰囲気で、魔術の詠唱を始める。

まず僕と澪の周辺に小さな魔法陣が複数立ち上がった。

次に、足元に僕らとここにいる全員を範囲に入れてなお余裕があるサイズの魔法陣が出現する。

詠唱を続けて、大小の魔法陣から徐々に魔力放出の量を増加させていく。

その光景を目の当たりにしたジョイさんとルーグさんが、良い感じに慄《おのの》いてくれる。

「私などでも尋常《じんじょう》でない魔力だと分かる魔術だなんて……なかなかお目にかかれない光景ですね」

「一つの召喚魔術というよりも、これは最早儀式魔術に近いナニカのようです。ジョイ殿どころか、そこの奴隷達ですら脅威《きょうい》を感じている。彼らが魔力だと分かっているかどうかまではさておき」

ルーグさんの言葉通り、奴隷の皆さんは身を寄せ合ってガタガタ震えていた。

ふむ、魔力感知なんて縁がない人達でもこの様子だと……少し抑えた方がいいな。

ぶっ倒れてもらっても困る。

次の段階での魔力増大は抑えるように、澪に目配《めくば》せする。

彼女は何故か嬉《うれ》しそうに、でも小さく頷《うなず》く。

途中、何かあっても、流石に巫女さんや貴族、豪商を差し置いて奴隷を守るわけにはいかない。

従って、ライムの護衛優先対象は変えられない。

「こんな規模の召喚魔術、王国でも連邦でも見た事ない。でも、これ、まさか」

チヤさんも良い感じだ。

僕は土と火しか知らないけど、あいつらの雰囲気には共通点あったもんな。

水の巫女であるチヤさんには、こういう方向で驚いてもらった方がよろしい。

一通り皆の反応を確かめた僕は、召喚演出を次の段階に進める。

自転しながら公転する魔法陣を空中に四つほど出し、あえてバラバラな角度に配置して、動いてもらう。

注文通り、澪の方も魔力増大は抑えめ、ありがとう。

僕達の周囲は霧に包まれながらも、魔法陣の光によって暖色系の柔らかい明るさで満ちている。

驚愕の表情を浮かべたチヤさんが、うわごとのように呟く。

「嘘、ダメ……魔力は足りていても贄《にえ》がいないのに……ありえない！」

クライマックスのタイミングは良きところで、澪にお任せ。

「おいでませ」

澪の直感なら、最高の一瞬を逃さないはず……って澪それだけ!?

シンプルすぎ！

「わ、我らの親しき友よ、助力を願い、う！」

付け足したけど、適当すぎてすまん！

「はうっ」

澪が何やらショックを受けてるし！

これまた悲しそうな顔を……あーもう、こっちもごめんて！

そんな僕らをよそに、鮮烈な赤と、オレンジに近い黄色の光が周囲一帯に満ちていく。

「あ、ああ……！」

チヤさんにはもう、ナニが来るか予想できているみたいだ。

しかし、贄とは。

ローレルでは〝彼ら〟を呼び出す際に生贄《いけにえ》を要求されるんだろうか。

魔族の都市の神殿に祀《まつ》られていたものは、特に手間もかからない感じだった気がする。ちょっと驚きだな。

お、来るね。

魔力の流れが生む特殊な風が巻き起こり、光が炸裂《さくれつ》した。

一瞬視界がゼロになる。

そして、周辺の霧も薙《な》ぎ払《はら》って見晴らしがよくなった僕らの前に現れたのは……柔らかな光を纏った大きな牛と鳥。

割とでかかった。

魔族の所で戦った時と同じ――いや、あの時よりは気持ち小さいかな。

てっきり、大きさはある程度変えられると思っていたんだけど、無理なのか？

サイズ感がよく分からなかったから、チヤさん達の目の前に召喚するんじゃなくて、彼女達を僕らの後ろに控えさせておいたのは正解だった。

「……よく来てくれた。僕らはとても困っている、助力を頼みたい」

「若様をお手伝いできるなんて、光栄に――」

いつもの調子で呼びかける澪を慌《あわ》てて制止する。

「澪、ストップ」

「あう」

ごめん。

でも、ここでいきなりその台詞《せりふ》はまずいよ。

「また、とんでもない所に喚《よ》んでくれたものだな」

超牛の方が話しかけてきた。

めっちゃマッチョな牛の体に、変に凶暴な角が生えたこいつはベヒモス。土の精霊ではトップらしい。

若干嫌そうだけど、その場で膝を折り、伏せっぽいポーズをしている。

牛とか馬だと、これがお座り的な感じなんだろうか。

「この状況に無関係ってわけでもないだろ？　ま、それは僕もかもしれないけど……」

「……確かに。借りもある事だ、協力は惜しまんよ」

彼が口にした〝借り〟は、どちらかと言えば僕の従者の元リッチ——識《しき》に対してのものだろう。

でも、契約の場には僕もいたし、識と僕の関係は分かっているからか、こちらの言葉にも耳を傾けてくれている。

精霊の墓場だっていうなら、上位精霊に掃除させればいいじゃない。

二属性ほど心当たりあるし？

ってなもんですよ。

隣では、鳥の方も、澪に話しかけている。

「関係……水と土のが恨みを買っているようですけれど。犠牲《ぎせい》になっているのは、属性を問わず。場所がリミアともなれば、通常あまり介入はできませんが、召喚ならば仕方ありませんね。ええ、喜んで協力させてもらいましょう」

内容を聞く限り問題なしだ。

そしたらこいつらを前面に出して〝精霊加工装置〟になっているナニカのところまで、さくさくっと進ませてもらおうじゃないか。

「フェニックス、お前達の不祥事《ふしょうじ》に若様が巻き込まれたんです。半日で片付けなさい」

「澪、貴方はまた無茶苦茶《むちゃくちゃ》の化身《けしん》のままですね……」

「ふん。竜の縄張《なわば》りで暴れて良いって言ってるんですから、喜びなさいな」

「……別に、普段奴らのご機嫌を伺って遠慮している事など何もありませんよ？」

少し辺りが暖かくなってきたような。

「なら、こんな精霊捨て場みたいなところを放置するんじゃありませんよ、醜悪《しゅうあく》な」

「確かに気分の良い場所じゃないですね。本当に、もう風のも水のも、何をしているのだか、ふふふ」

気のせいじゃなく、暑いな。

フェニックスの仕業《しわざ》か。

「あー、澪と盛り上がるのはいいんだが、発熱？　は抑えてくれるとありがたいな、フェニックス」

「……ライドウ」

「あら、呼び捨て？　ナニサマかしら、あの時の状況を盛大に朗読したくなりますわー」

フェニックスの態度に不快感を示す澪を、小声で宥《なだ》める。

「澪、話進まないから」

「いえ、確かに呼び捨てでは礼を失していましたね。ライドウ殿、此度《こたび》の事は精霊の不始末。ナイトフロンタルに呼んでもらえて感謝しております」

「……あ、まあ、あまり気分の良い所じゃないだろうね。そこはすまない」

「ああ、嫌味などではありませんよ。リュカがうるさくてそう簡単に手を出せもせず、歯痒《はがゆ》く思っていたところです。貴方からの召喚ならば、遠慮なく振舞える。だから本当に感謝しています。私に関しては、借りが増えたとさえ思っていますよ」

横で話を聞いていたベヒモスが、頷いて同意を示す。

「む、俺とて、言葉のアヤというやつだ。ここに干渉できるなら俺も気持ちは同じだとも」

そうなんかい。

ベヒモスさんよ、さっきは完全に借りを返す的な感じだったよ、あんた。

それとも、フェニックスのこの言動も、澪が引き出してくれたんだろうか。

僕としては、今回協力してくれたら別に貸しとか借りとかはどうでもよかったんだけど。

上位精霊ともなれば、女神との関わりだって良くも悪くも濃密。

個々の人格と気が合ったところで、状況次第では真っ向から敵対する可能性がある関係には変わりないんだし、仲良しごっこも申し訳ないんだよな。

いつの間にか、じっとりとした暑さはすっかりなくなっていた。

「ところで二人とも、せめて普通の牛と鳥サイズにはなれない？」

大きいって事は良い事だ、と誰かが言ったらしい。

でも、今は邪魔だ。

できれば小型サイズになってほしい。

「なれる」

「なれますよ」

なら、最初からそれで来てほしかった。

前もってリハーサルしとけばよかったか？

「じゃ頼むよ。ベヒモスの方は多少大きくてもいいや。疲れた人を乗せてもらいたいし」

「乗せ……」

「ぷっ、もはや農耕牛なみの扱いですね」

絶句するベヒモスを見て、フェニックスが噴き出した。

「フェニックスは熱くならないように気をつけてね。基本的には澪の肩にいてくれる？　止まり木のがよかったら、ライムに適当なのを探してもらうけど……」

先ほどの意趣返《いしゅがえ》しとばかりに、ベヒモスがからかう。

「お前もほぼペット扱いだぞ、フェニックス」

「……なに、ここで力を見せて認識を変えさせればよろ、よろしいのです」

「動揺しているな」

「うるさい」

うん、精霊同士も仲が良いみたいで安心した。

「というわけで、土の精霊ベヒモスと火の精霊フェニックスです。多分、余程酷い事をしなければ皆さんに危害は加えませんのでご安、心、を……？」

とりあえず、精霊と意思確認もできたから、じゃあ皆に紹介を、と振り返った僕が見たものはひれ伏す民だった。

なんか静かだな、とは思ってたんだ。

チヤさんどころかルーグさんやジョイさん、チーム奴隷も、全員が服も汚れるだろうに沼に手をついて膝をついて、平伏《へいふく》していた。

ライムは立っていたけど、苦笑交じりに頭をかいている。

「えーっと」

「何しているんです、貴方達。立ちなさいな、話が進まないでしょう」

澪が呼びかけるが、体がそのまま石化したみたいに皆動かない。

参ったな。

僕らの中では一番怖がられている様子の澪の言葉でも、微動だにしないとは。

「チヤさーん……」

呆然《ぼうぜん》としていたチヤさんが、僕の声に反応して我に返る。

「無理、無理です、ライドウさん。この……方々は、女神様の眷属にして世界を見守る上位精霊様に相違ありません」

「ええ、上位精霊です。でも今はこの通り、僕らの協力者として来てくれているんですから」

「生贄もなしに、ほんの数日の準備だけで召喚していい――できていいわけがない方々なんです‼　皆さんの様子をご覧になれば分かるでしょう⁉　私がさせているんじゃありません。自身の内から自然と湧《わ》き出てくる感情に従っているんです。……頭《こうべ》を垂《た》れ、跪《ひざまず》くべき相手だと、この身の全てが悟っているんです！」

……そんな事を言われてもな。

泣きそうになりながら訴えられても、むしろ僕が困る。

特におかしなスキルの発動なんかは把握《はあく》してないんだけど。

一応、澪に確認してみるが、想像通り彼女も首を横に振る。

うん、魅了みたいな精神に干渉するスキルは使われていない。

「ライム、悪いけど皆を立たせて。これじゃロクに紹介もできやしない。それから、ベヒにフェニ、お前らも威圧とかするなよ？　水の精霊を信仰している巫女さんはともかく、商人とか貴族まで土下座しちゃってるでしょうよ」

「む、特に何もしてないが」

「心外ですね、ライドウ殿。私達は他のよりは余程親しみをもって人と付き合っています」

「もういっそ、ぬいぐるみみたいになれませんの？　それなら土下座する者もいなくなるでしょうに」

ぬいぐるみか。

原形が原形だけにゲームのマスコットキャラクターじみた姿しか想像できないな。

でも確かに頭を下げる感じではなくなる、かな。

僕と澪が精霊と雑談する中、ライムが一人ずつ軽く説得しながら立ち上がらせていく。

「う、うぅ……」

「あぁ……」

ジョイさんとルーグさんは精霊の存在を目の当《ま》たり《あ》にして、まともな言葉を発せずにいる。

既に荷物らしい荷物もなくなった荷運び担当の奴隷達は顔面蒼白で、わなわなと生気なく震えている有様《ありさま》。

チヤさんは直立不動、合掌して祈りのポーズだ。

精霊への祈りって、仏教スタイルなのか。

……そういえば、神道の参拝って合掌するのかしないのか、どっちが正当なんだろうな。

思い切って何度か神職の方々に伺ってみたけど、皆祈る気持ちを重視していて、合掌の是非はどちらでもよいというスタイルだった。

あ、それを言うならこないだ本物の神様に会えたんだし、どっちが良いんでしょうって、それこそ思い切って聞いておけばよかったじゃないか……。

「己の矮小《わいしょう》さが身に染みて分かりました」

「私も、ただこうせねばならないという衝動に突き動かされ、気付けば平伏していました」

ジョイさんとルーグさんが呆然と感想を呟いた。

「そりゃ、強い精霊には違いないです。ただですね、見ての通り僕らが召喚したんですから、そこまで緊張しないでください」

『……』

ベヒモスもフェニックスも沈黙したまま状況を見守っている。

いや、周囲の把握に努めている感じだな。

ここは精霊にとっても関心を寄せるだけの場所だって事だ。

僕としてはこんなホラーハウス、さっさと終わらせて帰りたい気持ちでいっぱいだけどね。

沼系ホラーアトラクションとか、勘弁だよ。

「ローレル連邦では、水の上位精霊様を顕現《けんげん》させるのは国家が数年単位で準備を進め、時の巫女を犠牲にしてようやく成立する一大事なのに。個人でそれを可能にするだなんて……」

緊張から少し解放されたらしいチヤさんが、今度はえらく複雑な表情で僕と澪、そしてベヒモスとフェニックスを交互に見ては、深呼吸している。

「水の巫女よ、それは単純に我らが求めるものと顕現の方法によります」

「左様《さよう》。我らは同じく上位精霊としてこの世の事象を司《つかさど》りはする。しかしそれぞれ個として別に存在し、嗜好《しこう》もそれぞれに異なる。水の上位精霊ウィナルデは特に信仰心を好む。女神の模倣でもしている気なのか、な。ゆえに、魔力よりも想いを好むのだ。たとえばわざわざ器《うつわ》として不十分なモノに受肉するような顕現方法を選ぶ、とかだな」

……へえ。

精霊にも好みや自我はそれなりにあるんだな。

水の精霊は信仰心を好む、と。

だから宗教みたいになっているのか。

確かに、水以外の精霊の場合、精霊神殿なんてあんまり見た事がないし、世界規模に広がっているものは存在しない。

もっとも、女神への信仰がその代わりになっているのかもしれないけど。

「フェニックス様……ベヒモス様……」

ベヒの言葉を継いで、フェニがチヤさんを慰めはじめる。

「――だから水の巫女よ、今回の我々との邂逅《かいこう》を理不尽に思う事はありません」

「ああ。汝《なんじ》も感じたように、馬鹿げた魔力を垂れ流して上位精霊を無理やり召喚するなど、恐らくコヤツら以外にできもせん。だから気にするな。汝の精霊への畏敬《いけい》、信仰は、我らも快く感じておるよ」

「まったくです。たまにはアレも巫女の体など使わずに単身で魔力のみでの召喚に応じればよいのです」

「完全に同意するよ」

精霊達の話を聞く限り、ローレルでは水の上位精霊を呼ぶイコール当代の巫女が死ぬ事なのか。

性悪そうな印象だな、水の上位精霊。

女神に近い性格ではなかろうか。

しかし……もしチヤさんの犠牲が精霊降臨の条件だとしたら、ローレルの重鎮《じゅうちん》である中宮《ちゅうぐう》の彩律《さいりつ》さんは絶対に首を縦に振らないだろう。

あの人が早くから魔族との戦争に対して積極的に支援し、チヤさんの事でリミアとの関係がこじれてもなおその基本方針を変えなかった理由。それは、戦局が悪くなって、精霊に顕現してもらおうという話が現実的にならないようにしたかったから？

なんとなく、僕には彩律さんがそう思っている気がする。

彼女は巫女という立場だけじゃなく、チヤさんに入れ込んでいる風に見えた。

「で、お前らはどうなんだ？」

僕の質問が唐突すぎたのか、フェニックスとベヒモスが怪訝《けげん》そうな表情を浮かべた。

「なんですか、唐突に」

「そうだぞ、ライドウ——殿。いきなりなんだ？」

「精霊の嗜好ってやつ。水の精霊は信仰心なんだろう？　じゃあ土と火のお前らはって話」

「似たようなものです。私は勇気が好きですね。精霊は皆強い感情を好むのですよ」

「だな。俺は揺らがぬ信念を好む。ただ一つ、己が決めた道を征《い》く。俺にとってそんな人の生き様は最高の肴《さかな》だ」

勇気に信念。

大して変わらないな……と思った。

現にこいつらは魔族にも力を貸しているし、性格もある程度似ているのかも。

しかしベヒモス、肴ってさ。

酒のつまみにするみたいでどうかと思う。

「強い感情か。ちなみに風の精霊は？」

『……』

気になって聞いてみたら、何故か突然沈黙する上位精霊ズ。

「？」

『……』

「ど、どうかした？」

再度問うと、渋々といった様子でベヒモスが口を開いた。

「あいつだけは特殊でな」

「はい。風の上位精霊は、本人曰《いわ》くセンスを好みます」

「せんす？」

「ええ。美的感覚というか、洒落《しゃれ》た仕草とか。正直、理解できませんが」

美的感覚、オシャレ？

……。

うん、僕にも理解不能だな。

感情の強弱関係ないじゃんか。

ただ、信仰といいセンスといい、水と風の精霊の嗜好は、土と火よりだいぶ女神寄りだな。

「加護を与える条件は気紛れですし、特定の国や人に肩入れもしません。ある意味究極の個人主義とも言えますが、私が思うに、あれはヒューマンにも亜人にもさして興味がないのではないかと」

「同感だ。有事となれば女神の手足として動きはするだろう。しかし誰かに、どこかに肩入れするなど、恐らく今後もせんだろう」

「なるほどねえ」

さて、そろそろ皆の気持ちも落ち着いてきた頃だろう。

雑談はこの辺にして、攻略に移ろうじゃないか……と思って次の話題を振ろうとしたが、上位精霊達の話は終わってなかったらしく、二人はそのまま喋《しゃべ》り続ける。

「……というわけでだ」

「というわけですから」

「？」

ベヒモスとフェニックスが、立ち上がったチヤさん達に対して、厳かに、かつ優しく語りかける。

「かような精霊も絶えた地に、無力ながら足を踏み入れたヒューマン達よ」

「死をも覚悟してなお、何かを求め、足を踏み出した勇者達よ」

「我、大地を司りし精霊ベヒモスは、汝らの行いを称賛する」

「私、炎を司りし精霊フェニックスは貴方達の勇気を讃《たた》えます」

『……！』

なんだなんだ？

チヤさん達は固唾《かたず》を呑んで彼らの言葉に耳を傾けている。

「ゆえに、この出会い、縁《えにし》の証《あかし》として、ささやかながら贈り物をしよう」

「ないよりはマシという程度の代物《しろもの》ですが」

「我ベヒモスと」

「私フェニックスは」

『ここに汝らを祝福し、加護を与える』

ふわりと。

僕と澪以外の全員がオレンジと赤の光の膜《まく》で包まれた。

ライムもだ。

精霊が祝福と加護を授ける瞬間か。

初めて見るな。

「なんで僕と澪はナシなわけ」

「必要なかろう」

「ええ、今更でしょう」

どういう意味なのか。

直接召喚できるからいらんだろって事なのか。

それとも、いずれ女神と戦《や》るんだから、精霊の力なんて頼りにしても意味がないだろって事なのか。

いいけどね！

別に欲しくなかったし⁉

「あ、ありがとうございます‼」

「なんと寛大な」

「……精、霊さま」

奴隷さん達が喋った⁉

そこまでか、上位精霊の加護！

一体どんな効果があるんだよ⁉

僕は月読様《つくよみさま》に与えられた特殊能力の『界』を展開して、彼らに起きた変化を観察する。

ふむふむ。

いや、え？

これ、この場所から生還できる超性能なんかないし、フェニックスが言った通り、そこまでの代物じゃないね。

土と火の属性魔術強化、耐性強化。おまけに精霊魔術使用可。病気や毒物への耐性、治癒力上昇。鍛錬での身体能力上昇向上。

どれも完全無効化や大上昇というわけでもなく、中程度の効果だ。

複数効果がある点や、精霊魔術に限らず土と火ならＯＫという幅広い魔術補助は、凄《すご》いといえば凄いけど……。

突出した何かはない。

なんで皆、名前ばっかりの祝福や加護でここまで劇的に気持ちが上向いちゃうんだよ。

ブランド？

これがブランド力ってやつなのか？

クズノハ商会の名前じゃあ、ツィーゲやロッツガルドを出たらまだ上位精霊ほどの信用はないんだな。

……まあ。当然か。

「じゃ、行きますか」

「もう少し余韻《よいん》をだな……。まあいい、それでこそライドウ殿か。行き先はあの怨念《おんねん》を垂れ流し、精霊を捕食している、おぞましき樹だな？」

「……ああ」

ベヒモスの言葉に頷く。

怨念を垂れ流すおぞましい樹か。

僕にはそこまで感知できなかったな。

精霊を捕食していると分かっただけだ。

精霊独特の感性がなせる業なんだろうか。

「私達がいるのです。力の及ぶ限り盛大に参りましょう」

フェニックスが翼を広げる。

呼応してベヒモスが二本の角を枝分かれさせながらゆるゆると伸ばす。

角の形を見ると鹿っぽくもあるが、肉体の方は筋肉からして牛だ。

ぱっつんぱっつんに張り詰めたところが、余計にパワーを感じさせる。

ともかく、二人の上位精霊の力の発現で、沼地はたちまち乾き、石がせり出して道が造られていく。

せり上がる石でできた通路は、柱状節理の海岸を思わせる出来だった。

ある種、神秘的とでも言おうか。

これぞ土の精霊の真骨頂かも？

「凄い、沼にあっという間に立派な石廊下が」

感嘆《かんたん》の声を漏らすチヤさんに続き、ジョイさん、ルーグさんも笑顔になっていた。

「はは……これが上位精霊様のお力。精霊が死に絶えた地ですら奇跡を起こすのか」

「この地に如何《いか》なる怨念が潜もうと、復活の象徴たるフェニックス様と生命と豊穣《ほうじょう》の守護者であるベヒモス様がおられれば、きっと……！」

上位精霊という衝撃は余程のものだったんだろう。

奴隷さんズも顔色がかなり良く、男女ともに元気になってきているようだ。

「一直線、か。できればこのまま力押しで行けますように、と」

「さ、若様。精霊が働きますから、私達も後から付いていきましょう」

そう言われて、澪が差し出した手を取る。

ナイトフロンタルの霧を晴らした後には何が残るんだろう。

もうじき来るその時が、あまり後味の悪いものではないように……僕は月読様に祈った。

◇◆◇◆◇

クズノハ商会の面々がアルグリオの策謀《さくぼう》で秘境探索を行っている頃。

リミア王国の深奥では、ホープレイズ家に関わる秘策が始まっていた。

結論から言えば、その作戦は大成功を収めた。

対象となった〝彼〟と〝彼女〟の相性ゆえか、もしくは作戦と二人の相性ゆえか。

勇者響はもちろん、この計画のそもそもの提案者であるリミアの第二王子ヨシュアですら目元をひくつかせるほどに、ソレは上手く進んだのである。

ホープレイズ家長男の篭絡《ろうらく》。

始まりは、クズノハ商会が王都を訪れるよりも少し前だった。

医術や治癒属性魔術に長《た》けている事、それなり以上の家柄である事、リミア王国における婚姻適齢期に達している事。

全貌《ぜんぼう》を知らされされず、ただこれらの条件によって集められた貴族の子女は、それでも最上級の玉《たま》の輿《こし》に乗る絶好のチャンスを王家の後ろ盾付きで与えられるという稀有《けう》な機会に奮起《ふんき》していた。

そして満を持して……一般の負傷兵であれば容赦なく見捨てられる重傷を負いながらもなんとか

命を繋ぎ、王都への奇跡の帰還を果たした〝標的〟が、目を覚ました。

これまたありえぬほどに豪華《ごうか》な城内の一室で。

大方の予想通り、男は変わり果てた己の肉体に絶望する。

高貴なる者としての責務を果たすため、彼は厳しい鍛錬に耐えてきた。

無論、外見も人並み以上に磨いてきた自負だってある。

だが今や見る影もなく、痩せ細った手足はまるで老人のようだ。

それどころか、利き腕そのものが失われてしまっている。

絶望するのも当然だ。

呆然としつつ、彼――オズワール＝ホープレイズは記憶を辿《たど》る。

あれは王都から少し離れた砦《とりで》から、王都へ向かう街道に合流する途中の出来事だった。

突如襲ってきた魔族と魔物の群れ。

獣人どもも加わって、波となった奴らの圧は凄まじく、編制の横っ腹を食いつかれた彼の部隊は、いきなり劣勢に立たされた。

そしてそのまま魔族の部隊にすり潰《つぶ》されたのだ。

オズワールは悔《くや》しさに歯を強く噛《か》み合《あ》わせる。

「俺は、どうして……」

今生きているのか。

誰に聞かせるでもない疑問が湧く。

同時に、人生の中であまり感じた事がない種類の——だが次々に込み上げてくる不快な感情を抑えながら、彼はまた記憶を辿る。

馬上にいた自分に迫る、三本角の魔族。

その手に握《にぎ》られていたのは、なんとも禍々《まがまが》しい剣——いや、鉈《なた》であっただろうか。鋸《のこぎり》？

その辺りの詳細な形状が、今の彼にはよく思い出せない。

なんとか分かるのは、気味の悪い液で濡れる、刃こぼれした幅広の凶器だけ。

それが、鎧ごと体に叩きつけられた。

「馬から落ちた……次に奴が……」

落馬して視界いっぱいの空を目にしたオズワールが次に見たのは、三本角の顔。嗤《わら》っていた。

「ううっ!?」

突如、彼の右腕に強烈な熱と痛みが走った。

既に失われたはずの右腕に、だ。

オズワールは驚愕で目を見開いて腕を見る。ない。

肩口から先には、やはり何もない。

先ほど彼自身が確認した通りだ。

なのに、確かに腕が痛い。

全く理解できない現象だった。

「まさか……仇《かたき》を取れと、なくした腕が俺に訴えているのか？」

彼は思い出した。

振り下ろされた凶器から身をよじって逃れた時。

右腕はその犠牲になった。

深々と斬りつけられ、何度も激痛が走った。

そして……。

「ああ、そうか。あの女性に俺は救われたのか」

もう一つ、思い出す。

それは彼が今ここにいる理由。

憎しみを宿した目で睨みつける彼の目の前で、三本角があらぬ方を見て驚いた表情を浮かべると、そのまま崩れ落ちていく。

続いて、髪の長い――恐らくは女性であろう影に見下ろされた。

負傷のせいか、光のせいか、顔までは分からなかった。

だが恐らく、その人物が彼をここまで運んでくれたのだろう。

そうとしか考えられなかった。

「っ、お目覚めになりました!?」

「うおっ⁉」

突然部屋に響いた高い声に、オズワールは無様《ぶざま》な驚きの声を上げる。

すぐに声の主を探すと、そこには興奮した様子の女性が一人。

白衣に身を包み、手にしたシルバーの盆には真新しい包帯や水差しが載っている。

発した言葉が適切であったかはともかく、彼にもある程度女性の正体を察する事ができた。

「君が、治療してくれたのか？」

「あ、はい！　私達でオズワール様の治療と看護《かんご》をさせてもらっています！」

「……そうか、ありがとう」

礼を口にしたオズワールはふと首を傾《かし》げる。

二つの疑問が生まれたからだ。

こんなにも素直《すなお》に礼を言ったのはいつぶりだろうかと。

そしてもう一つ。

何故、彼女は自分の名を知っているのだろうかと。

「とんでもありません！　リミアのために死力を尽くされたオズワール様をお助けするのは当然の事です！　申し遅れました。私はイライザ＝ピークリーネと申します」

彼女が口にした家名を聞き、オズワールは同僚の名前を思い出す。

「ピークリーネ……確か王国東部の。……ん、であれば、カイムは？」

オズワールと同じ長剣を扱う騎士カイムは、剣技、指揮ともに己を遥《はる》かに上回る、尊敬すべき相手だった。

家柄や領地の規模こそホープレイズ家の方が上だが、個の資質において見習うべき点の多い、優秀な男だ。

友人であり、いずれ家を背負った暁《あかつき》にはライバルとして、長く付き合っていく事になる人物だろうと、オズワールは思っていた。

彼の問いに、イライザは静かに頷く。

「……兄です」

「やはり。彼には普段から騎士仲間として世話になっている。しかし、こうして妹君にまで恩ができるとは思わなかった。それで……彼は？　あれほどの力の持ち主であれば不覚を取る事などそうそうあるまいが。それに……ここは？　王都、なのか？」

友人の安否を確認するとともに、ついでに自分が気になっていた事、即《すなわ》ちここがどこかという疑問も一緒にして問いかけた。

一瞬、イライザは言葉に詰まり、そしてその表情が固まった。

(恐らくは王都であろうが……俺はこんな扱いをしてもらえるほどの軍功など挙げちゃいないからな。父上が手を回したか……。それこそカイムなら、あのような奇襲であっても手柄を挙げたかもしれんが)

「兄は、戦死いたしました。それから、ここはご推察の通り王都でございます。城内の最も警備の厚い区域ですから、どうぞご安心ください」

「ん？」

戦死。

その言葉が脳内を滑り、中に染みていかない。

しばらく、意味が分からなかった。

オズワールはそれまでの明るい雰囲気を少し翳《かげ》らせたイライザの表情と、サイドテーブルに並ぶ白い包帯と薬などを見ながら、ゆっくりとカイムの現実を理解していく。

ついには笑みを浮かべる事も難しくなったのか、イライザは辛そうに眉をひそめながら一礼して退室しようとする。

そこでようやく、オズワールは上ずった声で呼び止めた。

「ま、待ってくれ！」

「は、はい。なんでございましょう」

「何、じゃない！　カイムが、あの男が死んだ!?　次期団長候補でもあったカイム＝ピークリーネが!?」

「……はい」

少しだけ顔を伏せて視線をオズワールから逸らすと、イライザは彼の言葉を肯定した。

「そんな馬鹿な！」

「王都を襲撃した魔族の群れは魔将という強力な将軍に率いられ――」

「王都、襲撃？」

——なんだ、それは。

オズワールは素直にそう思った。

少なくとも彼は知らない。

王都に向かう——それも魔将を伴うような大規模な侵攻など、噂ですら聞いた事がなかった。

「オズワール様は、もうずっと長い間寝込まれていましたから」

「!?」

「本当に、色々あったんです。もちろん、これからお休みになっていた間の出来事もゆっくりとお話し致します。……すみません、少しだけ、兄を思い出してしまって。すぐに代わりの者を呼びますのでお許しくださいっ、失礼します！」

そう言い残し、イライザはオズワールが何か言葉を発する前に、部屋を飛び出していってしまった。

「ずっと、寝ていた？　一体……それに……」

まだ上手く頭が回らない。

友人であり、優れた騎士だったカイムの死。妹だというイライザの様子からも、それは間違いではなさそうだ。

であれば、ここがリミアの王城内で、警備もしっかりとした深い区域である事も事実なのだろう。

この部屋そのものに見覚えはなかったが、確かに慣れ親しんだリミアの城の特徴とも一致する雰囲気ではあった。

そんな場所で手厚く看護される理由はあまり思い浮かばないものの、彼女が言った通り、城で治療を受けているのは信じてよさそうだと、オズワールは納得する。

（ならば……王都の襲撃というのも、事実なのか。それも魔将が出撃してきたと。この様子なら、王都が落ちたという事はないのだろうが……にわかには信じられん。――っ！　ではホープレイズ領は⁉　ウチは一体どうなったのだ⁉）

オズワールが大きく目を見開く。

だが、質問をする相手がいない。

イライザと名乗った友人の妹は、既に部屋を去ってしまっていた。

「……俺は、最低だったな。いくら自分の置かれている状況がこうだとはいえ、カイムの妹に、兄の死を口にさせ、思い出させ……そして、なんのフォローもしてやれなかった」

イライザは退室する時、泣いていたようにも見えた。

庶民であったならまだしも貴族として生まれ、騎士としての鍛錬も受けたオズワールは、己の女性への対応のまずさを今更ながらに恥じていた。

「あら、意外と殊勝《しゅしょう》ですね。イライザが泣きながら戻ってきたから、一体どんなケダモノかと恐々《きょうきょう》として参りましたのに」

落ち着いた声が響く。

恐々として――と言う割には、オズワールにとって耳が痛い言葉を遠慮なく、痛烈に、口にしながら、一人の女性が入室してきた。

「……余裕がなかったとはいえ、酷い事をした自覚はある。次に会った時、きちんと謝っておくとも」

「それがよろしいかと。あの通り明るく人見知りをしない娘ではありますが、お聞きの通り兄であるカイム様を失われたばかりなのですから」

「辛くとも、それが事実、か。このような格好で失礼するが、オズワール＝ホープレイズだ。貴方は――いや、貴方も私の治療をしてくれた方、でよろしいか？」

「はい。とは言いましても、私は最近加えられた新参者ですが。メリナ＝ユネスティと申します。よろしくお願いいたします、オズワール様」

「メリナ……。ん、ユネスティ？」

オズワールは自分の頭にある貴族の情報を引き出す。

ユネスティ家といえば、名家だ。

そこにメリナという娘がいたのも、彼は知っていた。

だが、おかしい。

メリナはゴルドテリーという、やや家柄の劣る――だが金は持っている――新興貴族のもとに嫁いだはずだった。

つまり、彼女はメリナ＝ゴルドテリーを名乗らなくてはおかしい。

オズワールの情報網は父ほど迅速《じんそく》でも優秀でもないが、まさかまだ何かとんでもない事を自分が知らずにいるのかと、頭を抱えたい気分になる。

できれば一人で考えを整理したい。

だが、疑問に答えてくれる話し相手も欲しい。

複雑な気分であった。

「イライザも、そうやって兄君の事を遠慮なく切り込まれたのでしょうね」

「うっ」

メリナの指摘に、オズワールが言葉を詰まらせる。

「まだ治療中ですから、余裕がないのは仕方ありません。ご自分の事を一番にお考えになってくだされば結構ですよ。目を覚まされたとはいえ、貴方様の体は今日明日に全快するような状態ではありません。まだ長い時間が必要になります」

「……すまん。気をつける」

「ええ、ありがとうございます。もっとも、オズワール様の治療にあたる担当者は皆貴族の子女。皆も名乗った以上はそれなりに色々訊《き》かれるのは覚悟しているでしょう」

「それは、一体？」

「ふふ、皆が貴族の娘である事について、下らぬ女の邪推《じゃすい》を交えて申しあげれば……王家が貴方様に勧める婚姻相手の見本市、という事かと」

「治療で逃げられぬ時にか？　だとすれば随分と意地の悪い仕打ちをなさる。大体、メリナ殿など既に嫁《とつ》いだ身のはず」

思わず、オズワールは苦笑を浮かべる。メリナのド直球な物言いが、彼の自然な反応を引き出したのだろう。

「ゴルドテリーからは離縁されました」

「……」

それまでと全く変わらぬ柔らかな笑顔のまま、メリナははっきりと自分はバツイチで出戻りであると口にした。その言外の迫力たるや、まだ起き上がる事も満足にできないオズワールでも身が縮みそうなほどだった。

「……」

「その、すまなかった。私の知っている情報とは、少し違ったようだ。謝罪する」

「はい。もう二十三の出戻りの身ですが、慎んでその謝罪を受け入れますわ」

その言葉を聞いても、オズワールは謝罪を受け入れてもらった気がしなかった。

「ではオズワール様、お体を拭《ふ》かせていただきますね。包帯の交換もしなければいけませんし」

「ん？　え？」

一瞬の躊躇《ちゅうちょ》もなく、メリナはオズワールの上半身を起こすと、浴衣のような衣服を手際よく脱がせていく。

オズワールは呆気《あっけ》に取られてされるがままだ。

そもそも満足に体に力が入らないのだから、抵抗も何もしようがないのだが。

「メリナ殿、その、慣れているな」

――男の裸に。

オズワールはそう思いながら、最後の部分だけは呑み込んで、照れ隠しに呟いた。

メリナから香る女物の香水がふわりと鼻をくすぐっただけで、何故か妙に気恥ずかしい気持ちが生まれてくる。

別に女性との密着など大した事でもないというのに、それでも彼は、久々に異性を感じて反応する程度は回復していて、そしてまだ若い男だった。

「まさか。オズワール様で慣れただけです。治癒の魔術に適性はありますし、それなりの薬の知識も持っておりますが、実際に私自身が治癒や看護をする機会などあまりありませんでしたもの」

「そ、そうか」

「死ぬ少し手前まで衰弱した肉体、毒に侵され千切れかけ、なんとか繋がっているだけだった右腕、数えきれない骨折と打撲」

「う」

「そんな重傷患者、オズワール様くらい地位のある方でなければ、息があったとしても普通治療は諦《あきら》めますしね」

「……だろうな。だが、やはり」

「？」

「右腕は駄目だったか。……いや、この肩口を見れば、治療の手を抜かれたわけではない事は、私にも分かる」

どす黒く変色したオズワールの肩には、なんの感覚もなかった。

痛みすら、もうないのだ。

「……性質《たち》の悪い毒を塗《ぬ》られていた、と聞かされています。私が呼ばれたのは、主にこの傷が理由ですね」

「毒か。はは、最早私もこれまでだな。領地に戻り、跡継ぎは弟に任せて、なんとかアレの役に立てる生き方があればいいのだが……」

魔族の毒にやられ、片腕を失った騎士——とてもリミア屈指の貴族であるホープレイズの跡を継げる肩書きではない。

父を落胆させるのは辛かったが、幸《さいわ》い、弟のイルムガンドは、安全な学園都市で学生の身分だ。

貴族社会に生きるには青臭い——いや、純粋なところがある弟だが、能力は高い。

親族に領地運営を任せる事態にはならずに済むはずだ。

不幸中の幸いとはまさにこの事を言うのだろうと、オズワールは思った。

その思案げな様子を見たメリナは、体を拭く手を少し止めて呟く。

「オズワール様……」

何かを伝えたい様子だったが、彼女より先にオズワールが口を開いた。

「ところでメリナ殿、こんな私を助けてくれたのは、どこのどなただ？　おぼろげに浮かぶのは、髪の長い女性の姿なのだが……まさか」

「……ええ、正解です。勇者様がオズワール様を知っていて、王都へ連れ帰ってきたと聞いています」

「響様か。いかんなあ、父はあの方と政治の舞台で鍔迫《つばぜ》り合《あ》いをしている真っ最中だというのに。それが、私の命の恩人か。つくづく、私は」

オズワールの言葉に自虐的《じぎゃくてき》な響きが籠もる。

「ヨシュア殿下と響様がオズワール様を最優先で治療するようにお命じになりました」

「そうか。ありがたいが、家には迷惑をかけるな……」

「その件で、良いお話と悪いお話がございます、オズワール様」

メリナは改めて話を切り出す。

本来ならもう数日おいて話すべき事柄だったが、オズワールの様子から今から伝えても問題ないと判断した。

「聞こう。というか……聞くほかない」

「では、どちらからがよろしいですか？」

オズワールが黙り込み、数秒の沈黙が生まれる。

「少しでも明るい話が聞きたい。良い話から、頼む」

「承知しました」

オズワールは黙ってメリナの言葉に耳を傾ける。

「オズワール様が失った右腕ですが」

「……」

「治せます」

「は？」

「元通りにできると申しました」

「毒で駄目になったのだろう？　俺の腕は」

「ええ」

「この通り、肩口はドス黒い。ヒューマンの肌ではないような有様だ」

オズワールは自嘲気味に口元を歪めながら肩の傷口に目をやるが、メリナは再びしっかりと肯定した。

「治ります」

「これが、治る？」

「はい。このメリナ＝ユネスティの名と命に懸け、治してみせます」

「貴方は、あくまで貴族としての治癒の術を扱えるだけで、神殿の奇跡などとは無関係のはずだな？」

「はい。ですから私の知識と技術の全てをもって、治療にあたります」

「本当に、その算段があると？」

「もちろんです」

幾度《いくど》問いを重ねても、メリナは頷く。しかし、オズワールはまだ半信半疑だった。

「とても、すぐに信じられるものではない。いや、しかし……先ほど失ったはずの腕がまるであるかのように痛んだ。まさかそれも治療の？」

「……いえ、それは……」

「それは？」

「まだはっきりとは申せませんが、幻肢痛《げんしつう》と呼ばれるものかもしれません。そうですか、右腕の痛みが」

メリナは難しい顔をして俯く。

その考え込むような真面目な表情が、オズワールの位置からも窺える。

（美しい、な。どうしてゴルドテリーの成金は彼女を離縁したのだろうな。賢いし、今の話が半分でも本当なら、優秀な術師でもあるのに）

「ともかく、治療についてはどうか前向きに。成果が伴《ともな》ってくれれば、きっと信じて頂けると、私は確信していますから、まずは身を委《ゆだ》ねてくださいませ」

「成果か。うむ、もちろん前向きに回復に励もう。約束する。メリナ殿といい、イライザ嬢といい、治療に力を尽くしてくれるというのなら、私も応えなくては」

「ありがとうございます、オズワール様」

「それはこちらの台詞だ。よろしく頼む。回復した暁には、貴方達皆に王家とは別にお礼をする事を私の名において約束する。大概の希望は叶えてみせよう」

「……本当、ですか？」

不意にメリナが見せた、縋《すが》るような貌《かお》。

一瞬だけ垣間《かいま》見《み》えたその表情に、オズワールは息を呑む。

「そ、それで……悪い話というのは？」

気まずい空気を変えるべく、彼は残っていた話題に触《ふ》れた。

「……心してお聞きください。王都襲撃事件の前に起こった出来事についてです」

「前？」

「はい。王都襲撃に先立ち、他の場所も――恐らくは魔族からの攻撃を受けました」

「!?　まさか、ホープ――」

「いえ、ホープレイズ領ではございません。場所は」

「……」

「学園都市ロッツガルド。住民に甚大な被害が出たそうです」

「！？！？」

「その一件において、弟君」

（やめてくれ）

「イルムガンド＝ホープレイズ様が――」

（お願いだ、言わないでくれ）

「魔族に与《くみ》した賊《ぞく》の一人として……討伐されました」

ただ犠牲になったのではなく、想像もしていなかった言葉を聞き、オズワールはなんの感情も篭らない声と顔で、ただ一言、こう発する事しかできなかった。

「……ありえん」

3

そうだった。

僕はすっかり忘れていた。

アルグリオさんはナイトフロンタルについて語りだした時、ここを幻の街と言ったんだ。

実際のこの場所には、はっきり分かる人の営みの匂いなんて、わずかに残る木道や小屋くらいしかない。湿原がひたすら続いているだけなのに。

このナイトフロンタルと呼ばれる地には、かつて人が住んでいた。

普通の領地であり、街や村があった。

今ではその面影《おもかげ》はおぼろげだが、そこかしこにうっすらと街の跡を感じる。

丁寧に発掘すれば、街だった痕跡が出てくる——きっとそのくらい昔の話だと思う。

ただ一つ、怨念を垂れ流す樹と精霊が呼んだ大樹の傍《そば》にある、場違いな物を除いて。

そこには、一軒の古びた洋館があった。

まさにホラー物の舞台になりそうな、雰囲気抜群の建築物だ。

その建物だけが腐食や風化を免《まぬが》れて残り続けたなんて、絶対にありえない。

限りなく人為的だ。

思わず笑ってしまいそうになったけど、他の皆は深刻そのものの表情で強い緊張感を剥《む》き出《だ》しにしていた。

確かに、怪しいのは怪しいもんな。

「道があると流石に早い。まだ昼過ぎってところか」

僕の独白に、隣を歩く澪が相槌《あいづち》を打つ。

「ええ。朝には帰りたいですね、若様」

「向こうも焦っているようだし、上手くいけば明日は気持ちの良い朝になるかもね」

ふと、洋館ではなく、大樹の傍に気配を感じた僕は、そちらに視線を向ける。

……いた。

白くぼんやりした影が揺らめいている。

こっちの世界に来てからは見慣れたアンデッド――ゴーストとかスペクターって輩《やから》だ。

いわゆる幽霊。

「旦那《だんな》」

ライムも気付いたらしく、小声で僕に耳打ちしてきた。

「彼女自身はさほど脅威じゃない。けど初対面だ。警戒は崩さず、護衛に徹してね」

「はっ！」

見ているうちに幽霊の姿がはっきりとした輪郭を取り、それが少女である事が分かるようになった。

……。

いや、本当に若いな。

チヤさんや荒野で出会ったリノンよりさらに若い……は違うな、幼い。

それに彼女、思いっきり日本人に近いアジア系の容姿だ。

僕みたいな日本人、か？

だから余計に幼く見えるんだ。

はぁー。

嫌だな、こんな小さな女の子が今回の黒幕？

憎悪《ぞうお》の化身で、ナイトフロンタルをホラーハウスにした張本人？

勘弁してよ。

「アンデッドか。多少毛色は違うようだが、すぐに浄化してやろう」

早速ひと仕事とばかりに進み出たベヒモスを、澪が急かす。

「さっさとしなさいな、鈍《どん》くさい」

「いや、ベヒモス。ストップだ。彼女と少し話したい」

僕に止められたベヒモスが、不思議そうに振り返る。

「む」

「そうですよ、牛。少しは思慮なさいな」

「いや、澪殿。ちとそれは無理筋《むりすじ》ではなかろうか。あ、ああもちろん待つがな」

牛――いや、ベヒモスは不満げだが、澪が扇子を取り出してキッと睨むと、たじたじと後退《あとずさ》った。

ちょっとしたコントを展開している二人を横目に、僕は幽霊に話しかける。

「はじめまして、僕はライドウ。ここの主は君？」

「……帰って」

「用を済ませたら帰るよ。この樹と洋館は、君とどんな関係があるのかな」

「こんな真似ができる人であれば、外に出るくらい簡単でしょ？　お願い、もうこれ以上……」

少女が言葉に詰まる。

多少大人びた話しぶりだけど、外見と精神年齢はあまり離れていない気がする。

幽霊として若い姿をしているんじゃなく、若くして死んだのか。

「ここを呪いから解放したらね。もし君に名前があって、覚えているなら、せめてそれくらいは教えてくれない？」

「呪いなんかじゃない！　お父さんを悪く言わないで！」

……？

理性はそれなりにありそうなのに、要領を得ない。

それにお父さん、か。

気になるワードが出てきたと思ったら、洋館の方から新しい気配が出現した。同時に、彼女の様子が怯《おび》えと悲しみが入り混じったネガティブなものに変わる。

「……あ、ぁぁ」

『!!』

既に警戒に入っていたライム同様、澪と精霊、チヤさんも戦闘態勢に移行する。

一瞬だ。

憎悪と怨念を全身から垂れ流すボロを着た骸骨《がいこつ》が、少女の後ろから姿を見せた。

黒幕は彼女じゃない、こっちか。

お父さん。

……あの二人は、親子で転移して、そして死んだ。

おそらく日本人。

「カ。カカ」

嗤った。

僕らの誰も見ていない。

――個人という意味で。

そして全員を見ている。

――生者という意味で。

正気じゃないな。

一体いつ死んで、いつアンデッドとして活動しはじめたのかは、まだ分からない。

識に聞いた限り、アンデッドは存在し続けるうちに生者への憎悪が徐々に膨《ふく》らんでいって、やがて制御できなくなるんだとか。

いくら強い理性や知性を持っていても、やがて蝕《むしば》まれると。

彼もそうなんだろう。

果たして、いつから正気を失っているのか。

落ち着かせたとして、話ができるくらいの知性は残っているのか。

全く分からない。

ひとまずは戦闘不能にして、正気になってくれる事を祈るしかないか。

「カカ、カカカカ!!」

「殺すな、適度に弱らせて捕縛《ほばく》。僕はあっちの幽霊をやる」

「かしこまりました」

僕の指示に従い、澪が躍《おど》り出《で》る。

「難しい事を言ってくれる。浄化してしまっても構わんのだろう？」

「加減を間違えて消滅させてたとしても許してくださいね」

場所柄なのか、あるいはすぐそこで精霊が食われて〝加工〟されているせいか、ベヒモスとフェニックスは結構好戦的な事を言う。

事情を知っているか、もしくはその張本人の可能性だってあるんだから、いきなり殺してもらっては困る。

ここを元に戻す手がかりが得られるかもしれないし、手伝ってもらえるかもしれないんだ。

だいたい、アンデッドに対して〝殺す〟という表現は正しいんだか間違っているんだか、どうなんだろう。

「……あの程度の死霊相手に手加減もできないなら、ライムの手伝いしてて。巫女さん達の御守《おも》りよろしく」

周囲の地面、至る所からボコボコとゾンビやらスケルトンをはじめとして、見本市のようにアンデッドが発生する。

あの笑っているリッチみたいな奴の仕業で間違いない。

厄介だな、ただの低位アンデッドよりも強化されている。

魔術への耐性が高く、基本的な能力値も上で、上位互換といって差《さ》し支《つか》えない。

ハイゾンビとかハイスケルトンってところかな。

「不愉快な。生命の理に反する者らよ、消え失せよ」

ベヒモスが不快さを隠さずに一喝《いっかつ》した。

彼を中心に光を伴った魔力が波紋《はもん》のように広がり、動き出そうとしたアンデッド達を一掃《いっそう》する。

おいおい、そんな事したらリッチまで消滅しちゃうよ……と思っていたら、そっちはあの哄笑《こうしょう》で弾かれて通用しなかったみたいだ。

流石は上位精霊、器用な浄化をしてみせる。

「耐えた、だと？」

「カカッ！　カ、カ？」

「ふんっ！」

リッチがなんらかの魔術を発動しようとしたが、これは澪がキレイに食べて不発に終わる。

不思議がるリッチに、澪は一瞬で間合いを詰めて容赦なく扇子《せんす》を一閃、顎《あご》を粉砕した。

あの笑い声が地味に不愉快だったのか？

リッチはふわりと宙を舞い大きく間合いを取る。

あっちは問題なさそうだな。

じゃ、僕は白い少女の幽霊をっと。

僕は魔力を実体化させた『魔力体』の腕で彼女を捕らえる。

その時。

「カ……ムスメに、テヲダスナッ！」

――っ。

喋った。初めてリッチからまともな、意味のある言葉が出てきた。

同時に、黒いガラスが割れたみたいな大小様々な破片が、僕に襲い掛かってきた。

澪でも消せなかったのか。

初めて見るけど、魔術の一種だな。

特殊なスキルじゃない。

つまり、射ち落としておけば問題ない。

「か」

拘束した幽霊が、か細い声を発した。

「？　何を」

この娘の方が、まだ生前の記憶や知性を残しているように見える。

――っ、日本人って事は、僕や先輩みたいに何か変な特殊能力を持っている可能性がある⁉

「妙な真似はやめろ、それが一番――」

「カウンセリング！」

「は？　かう？」

その一言を聞いた直後、全ての音が遠くなった。

まるで眠りに落ちる瞬間……っ……。

……。

◇◆◇◆◇

しまったと思う間もなく、僕は意識を失った……らしい。

カウンセリング、と確かに聞いた。

意味はなんとなく僕にも分かる。

相談に乗ってもらうとか悩みを聞いてもらうとか、ともかくカウンセラーと呼ばれる人や医者の先生と話をして、助言をもらう事だったと思う。

でも、それで何故一瞬で全身麻酔をかけられたが如く意識を手放す羽目になるんだ？

くそ、日本人の特殊能力は本気で分からん。

どんな制限があるのか、どこまでの事ができるのか。

全く分からないだけに、性質《たち》が悪い。

「？」

ふと、水中を揺蕩《たゆた》うような浮遊感がなくなった。

ありがたい、目が覚める兆《きざ》しかな。

……いや、違うみたい。

しっかり地に足がついた感覚はあるものの、現実じゃあない。

眼前にいきなり妙な図形が出現した。

学校にあるＯＨＰ（オーバーヘッドプロジェクタ）みたいな雰囲気で懐《なつ》かしい。

それにしてもこのインクの染《し》みみたいな図形……まさかロールシャッハテスト？

何を想像するかで心理傾向が分かる……んだっけ？

カウンセリングって、心理テストの事なのか？

ああもう！

疑問ばかりが頭に浮かぶ。

不思議と危機感がないのもイラつく。

僕は直前までアンデッドと対峙していたんだぞ？

いくら澪やライム、上位精霊が一緒だったといっても、意識を失った状態じゃ何をされてもおか

しくないってのに。

そんな状態で危機感を覚えないくらい頭はお花畑じゃないつもりだ。

その澪達だって、このカウンセリングとやらに巻き込まれているかもしれない。

なのに僕は、敵意や悪意をまるで感じてない。

やはり何もかも、おかしい。

「意味が分からない……。テストを受けなきゃ出られないって事なのか。もしカウンセリングの結果を参照して、僕が最も傷つけにくい相手を敵として具現化するなんて能力なら……相当厄介な相手になるぞ……」

一瞬、プロファイリングなんて言葉も頭に浮かんだ。

でも僕の知識だとその両者を明確に区別できないし、やるべき事も変わらないとすぐに気付く。

インクの染みのイメージを頭に浮かべると、途端に情景が変わった。

今は、先に進んでいると信じるしかない。

ふと、両手を強く握られる感触と、相当な重みが腕に伝わってくる。

今度はいやにリアルな感覚だな。

反射的に手を握り返しながら、視線を向けて確かめると、左手の先には東《あずま》、右手には長谷川《はせがわ》……。

高校に通っていた頃の友人に、後輩。

巴の霧に似ている。幻覚か夢かはともかく、いつの間にか僕は崖《がけ》っぷちで寝そべり、落ちかけている二人の手を握っていた。

ああ……そういう事か。どっちかを選べと。

嫌な天秤《てんびん》を用意してくれる。巴の力と同じで、術者が見せるモノの細部を設定しているわけじゃなくて、僕自身の記憶を参考に、能力の方が適したイメージを作り出してるってとこかな。あの少女の霊が東や長谷川を知っているはずがないし。

とにかく、急がないと。

次。また妙な図形か。

次。――っ、姉さん。それに彼氏さんか。なんで……次。

急げ。今回の二人は……同級生だ。一緒にオンラインゲームを遊んでいた、な。銃なんて物騒《ぶっそう》なモンを持って、血まみれで向かい合ってるような奴らじゃないってのに。

次、次、次……。

理不尽な選択をいくつ繰り返した頃だったか、唐突に、目が覚めた。

肉体の両目が開く感覚が確かに伝わってきた。

顔だ。

目前にあったのは白く幼い女の顔。

!

「うぐっ！　あ、あ、あぁ……！」

僕が目を覚まして驚いたのか、少女の幽霊が呻き声を漏らした。

「日本人だって見立てていたのに、能力の事を一瞬忘れていた。油断だね、ギリで生きてたようだけどさ」

周りは、戦闘はどうなっている。

辺りを見回すと、皆が倒れていた。

上位精霊や澪まで！　なんて反則なスキルだ、カウンセリング！

危険すぎるぞ。

それにあのリッチ……も……倒れている？

え、敵味方関係ないの？

思わず少女の幽霊に視線を戻す。

魔力体で口を拘束し、焼けない程度に熱くて痛い熱を付与。集中を阻害するための措置だ。といっても、流石に相手の見た目は少女なので、せいぜいろうそくの火で炙《あぶ》る程度の熱量で済ませてる。

「可愛い顔して、えげつない能力を持ってるみたいだな、君は」

「カウンセリング、効いた、のに、どうして」

苦しそうな様子だけど、きっちり答えてきた。予想外だ。

幽霊の口を塞《ふさ》いだところで、言葉を発する事は防げないのか。

「ああ、効いたとも。だから言ってるんだよ、えげつないって。理不尽な状況で理不尽な選択ばっかりさせてくれたじゃないか。それから、もうさっきの力を使うのはなしだ。分かってるな？」

脅《おど》しという意味で、少し凄んでおく。

この構図、まるっきり僕が悪者だな。

「……嘘。カウンセリングをこの短時間にクリアして覚醒《かくせい》したの？　貴方……精神の異……？」

「子供のくせに、難しい言葉を知ってる。いいからさっさと皆のカウンセリングを解除しろ。何故かリッチまでかかっているようだけどな」

メンタルに効くんだよ、お前の力は。

リッチが目覚めたところで、そっちの方が百倍マシだと思うくらいにはね。

「かける対象、選べないから」

いまいち要領を得ない。

あまり幽霊とコミュニケーションをとった事はないし、困ったな。

「……解除はできるんだよね？」

「できない。元々、誰かを攻撃したり守ったりするスキルじゃないし」

「いや、意識を失わせれば、後はナイフ一本、素手《すで》でだって自由に殺せるだろ。恐ろしい初見殺しだ」

だけど、彼女は僕の問いにふるふると首を横に振った。

「カウンセリングは相手の意識を一時的に奪うけど、その間の相手への攻撃は私に返ってくる。これで誰かを殺したり傷つけたりはできない」

「……」

一気に微妙スキルになった。

それでも、使用する事で確実に時間を稼げるという意味では有用な能力……時間を、稼ぐ……？

これで誰かを殺したり傷つけたり、できない？

少なくとも本人がそう受け止めているスキルを使った。

しかも戦闘の真っ最中に？

え、じゃあこの幽霊少女、一体……。

「お父さん、止めたい。でももう話ができる状態じゃなくて。私は異世界転移をしたけど、お父さんみたいに戦う力は授からなくて。死んで、でもずっとここに留まってて。お父さんを止めたい……もうこれ以上壊れてほしくない」

理性が完全に残っているわけではない。

しかしやるべき事はきちんと自分の中に残しているらしく、無条件に生者を襲っていない。

もちろん、この娘の姿をナイトフロンタルで見かけて、奥地に誘い込まれた人は過去に少なからずいたかもしれない。

船乗りが語り継ぐ人魚の歌声やセイレーンの呼び声みたいなもの、か。

こんな気色悪い場所で少女の霊を見れば、そこに脱出に繋がるヒントや状況の進展を望む者がいても、なんらおかしくない。

改めて周囲を確認する。

澪が表情を少し動かしているのが分かる。

あれはもうすぐ目覚めそうだ。

他はまだ覚醒の気配がない。

死んだように倒れているけど、皆健在なのは把握できる。

……界、それに魔術を併用すれば、この少女の精神を多少安定させられるだろうな。

ただ、問題はあのリッチか。

日本人で、間違いなくこの娘の父親だ。

「お父さんって、あのリッチ？」

「そう」

はい、確定。

となれば、カカカカ言ってるアレも、何かしらやばい能力を所有している可能性がある。

アンデッド化しても特殊能力が健在なのは、さっき確認したばかりだ。

とはいえ……このままじゃ埒《らち》が明かないのも事実。

仕方ない、やるか。

「……分かった」

「？」

「話を聞かせてほしい。力になれるかは確定じゃないけれど、今のままよりはマシな結末が待っているかもしれない」

「……あり、がとう」

「じゃあ、まずは少しでも話しやすくしないとね」

界の効果を精神の安定、鎮静《ちんせい》に変更する。

一応、範囲はここにいる皆を包む程度にしておく。

あんな無茶な選択をいくつもさせられたら、目が覚めてもすぐに動けるとは限らないもんな。

その上で、識から教わった、アンデッドと交渉する際の対話をスムーズにする魔術を使う。

多くの場合、アンデッドは憎悪や悲哀《ひあい》に支配されているか、もしくは不死化した事で生じる生者への妄執《もうしゅう》だか嫉妬《しっと》だかで負の念に圧し潰されて、自我を失う。

強すぎる執着や感情を和《やわ》らげる魔術を使う事で、彼らとの交渉の余地が生まれる場合がある。

ただし低位のアンデッドだと、元から自我が失われていて、そうなると何をしても交渉も対話も成立しないのだそうだ。

「？　……あ」

「既に名乗ったけど、僕はライドウ。偽名だ」

「それは自己紹介にはならないよ」

「ついでに日本人だ。君と同じ、異世界転移の被害者だね」

「ひがい、しゃ……？」

少女はピンと来ないようだが、異世界転移は明らかに事故だ。

なら、僕らは等しく被害者で間違いないと思う。

「はい、君の番。お名前は？」

「空木由依《うつぎゆい》」

「ねんれ……いや、享年、死んだ年は？」

「十一歳」

大体、思った通りの歳だった。

当たったからって救いがあるわけでもない。ただ悲しいだけだ。

「……そう。うちはお父さんと一緒に転移してきたの？」

「うん。空木さんはお父さんと一緒に転移してきたの？」


「うん。うちは父子家庭だったから、いつもお父さんと一緒だった」

十一歳で父子家庭だと、そんなものなんだろうか。

いや、家庭の事情はそれぞれだし、普通の状況を考えても意味はない。

「じゃあ、まず。空木さんはどうして死んだの？」

この娘は自分の死をきちんと理解している。

だからこう聞いても大丈夫だろうと思った。

ただ、十一歳で死んだというのは忘れてはいけないとも感じた。

十一歳で死んで、その後たとえ百年の時を幽霊として過ごしても、精神年齢が百十一歳になるとは思えない。

年齢相応の経験を重ねてこそ、人の精神は育っていく。

少なくとも、過ごした時間だけで彼女を大人だと判断してしまうのはよくない気がした。

「住んでいた街がね、襲われたの」

「それは、ここ？」

「うん、シャトーユイっていうの。お父さんの街」

彼女の父親は貴族になっていたのか？

街を所有しているのなら、そこの領主になったたって事だろ？

で、リミアに仕えていたのか？

それにしても、街の名前に娘の名を入れるかね。

「襲ってきた相手は、魔族？」

魔族との小競り合いも戦争も、ずっと昔から繰り返してきたらしいからな。

おかしな話じゃない。

「ううん。〝女神様は邪神だ〟って言ってる人達」

確かに、リミアは女神信仰を善しとしている国だし、女神アンチからすれば標的として充分だろう。

心情的にはその連中に賛同できるけど……街を滅ぼして、住民も殺して回ったんだとすれば、複雑な気持ちになるな。

「その時にお父さんも？」

娘を守り切れずに死んだとすれば、アンデッドになる理由も、生者を憎む要素も満たしている。

「お父さんは物凄く強かったの。でもその時は王様に頼まれて戦争に行ってた。友達の大貴族ホープレイズ様が騎士団を置いてくれていたけれど、お父さんの騎士さん達とその人達も死んじゃったの」

「……」

「私も戦ったけど、弱いから。ほんの少しだけ街の人達を逃がしてあげられただけだった」

「……」

幼い子が領主の娘として、やる事をやった。命を懸けて。

ただそれだけなのに、僕は理不尽さを感じていた。

これは日本の平和な暮らしの残滓《ざんし》だと、理解はしている。終わった事を当人が落ち着いて話しているというのに、僕の方がこれじゃ駄目なのも分かる。

でも、感情もそうだと納得できるかは、また別の話なんだ。

「帰ってきたお父さんは物凄く怒って、街を襲った人達を邪教徒だと追い回して殺したんだって」

「……だろうね」

どの程度の強者だったかはともかく、彼女の父親は、大貴族ホープレイズ家とも良好な付き合いがあり、リミアから騎士に任じられて戦争に駆り出されるくらいだった。そんな日本人が、自分の不在の間に街を滅ぼされれば……アンチ女神の連中相手でも無双するかもしれない。

「その後、王様やホープレイズ様にも怒鳴り込んで……結局、リミアの軍に討伐《とうばつ》されたみたい」

「逆賊扱いね……そうか」

「お父さんはこの街の跡地でアンデッドのリッチとして蘇《よみがえ》って、私も蘇生《そせい》させようとして……」

「アンデッド化は蘇生じゃない」

思わず否定してしまったが、彼女は意外にもそれをすんなり受け入れて頷いた。

「うん。私の知ってるお父さんは精霊支配の能力と斧使いの力で戦う冒険者だった。けど、リッチになったお父さんは、ネクロマンシーっていうアンデッドを作ったり支配したりできる能力にも目覚めてた」

精霊支配？

やばそうな力だ。

あの禍々しい樹もその応用で作り上げたんだろうか。

んでも、精霊支配と斧使い、それにネクロマンシーだけなら、さほどの脅威じゃないな。

たとえば、精霊支配が有無を言わさない支配系の能力だとすると、反則だと思う。けれど奴は、初手で上位精霊を手札にはしなかった。

上位精霊の支配は手順を踏む必要があるか、あるいは不可能だとしたら、僕らのフォローがある現状では意味を為さない力と思っていい。

斧使いとして戦士の振舞いができたとしても、澪とライムが前衛をやれば不安はない。

配下のアンデッドはベヒモスが消せばいい。

最悪、戦闘になってもリスクは少ない、はず。

これだけの秘境を作り出しているところを見ると、隠し玉があったとしても、それは陣地を強固にするとか、そもそも拠点を構築する類のものである可能性が高い。

ひょっとしたら、あの洋館がそうかもね。

「その後、君のお父さんは力を付けて、少しずつここを人の住めない土地に変え、侵入者を殺して回り、精霊を食っては霧に変え……を繰り返してきた？」

「……うん、そう。私は、お父さんの事が気になるけど、何度も意識が薄れて消えそうになって。でも何故か気が付くとアンデッドになった時みたいにまた目覚めているの。多分、詳しい事はお父さんじゃないと分からない」

「でも、そのお父さんはもう話ができない状態になっている」

「うん……うん！」

幽霊は泣かない。

いや、泣けない。

でも由依と名乗った少女は、涙こそ流さなかったけど、確かな泣き顔を見せた。

「ん……っ、え！　若様!?」

おっと、澪のお目覚めか。

知識もあり、永《なが》い時間を過ごしてきた――でも大人ではない由依ちゃんは、僕と澪を見て再び驚いている。

「あの女の人も、早い。あなた達、一体……」

「精霊とお父さん、皆が起きたら始めよっか。色々ね」

「？」

「お父さんを止める、色々だ。澪、おはよ。ひとまずリッチの周囲に捕縛結界。直接の捕縛術も二重によろしく」

「え、はい！　でも、ええと？」

即答しつつ、澪はまだ自分の状況が掴めてない感じか。

僕達がされた事を知ったら由依ちゃんをやりかねないので、ちゃんとそこは言い含めておかないとな。

「ちなみに由依ちゃん」

「？」

「このカウンセリングって、普通ならどのくらい意識を失ってるの？」

最悪、この娘ごと無力化した者を始末するって手法も視野に入れるなら、やっぱり凶悪なスキルだよなと思って聞いてみた。

澪だって、僕が目覚めてから十分以上寝てたんだし。

敵を無力化できる時間次第では、文字通りの必殺に近い。

自慢じゃないけど、僕が抵抗できなかったって事は、大抵の人に通じるだろうから。

「大体……半日くらい」

……こっわ。

無敵じゃん。

界より怖いと思った能力、初めてだわ……。

「……えっと。僕はどのくらい寝てた？」

「二分くらい、だと思う。近づいて様子を確認したら、もう起きたから。こんなの、初めて……」

……二分。

下手すれば、死んでいた。

はぁーーーー、僕もまだまだだなぁ。

◇◆◇◆◇

父親。

自爆とも言える意識喪失から目覚めたリッチ（仮）は、当然のように戦闘を再開すべく暴れはじめ……ほどなく、無駄と悟って大人しくなった。

識の時と同様に、魔力を削る事で話し合いができるかもしれない――なんて、儚《はかな》い可能性に賭けてみたんだ。

澪とベヒモスの拘束には抗《あらが》えないとリッチ（仮）が悟ったのを確認した僕は、次に一帯に鎮静の界を展開する。

〝カカ〟以外の言葉を発して会話できるのかと祈るような気持ちだったけど、一応成功し、彼は事情をポツポツと口にしはじめた。

娘から聞いていた話をもう一度、今度は父親の視点から聞かされたようなものだった。

けれど、子供の視点と親の視点は全く違う。

親になった事もない僕は、子供の方の視点に引っ張られてしまって……。

父親なりの気持ちがあっての行動だというのは、話しぶりからはっきりと分かる。それでも、リッチ（仮）こと空木耕作《うつぎこうさく》の話を聞いていくうちに、彼に対する侮蔑《ぶべつ》や軽蔑《けいべつ》の気持ちが膨らむのを感じた。

「……そうして俺は、ここに御霊喰《みたまぐ》いの樹を生み、育ててきた。俺達親子を裏切ったリミア王家、ホープレイズ家に報《むく》いを与え、いつの日か、必ず、娘に再び生を与えるために……！」

「御霊喰いとは大仰《おおぎょう》な……」

「名はともかく、冷徹な視点で精霊を資源として見るのなら、見事な装置ですよ。我々の立場からすれば非常に胸糞悪い代物でしかありませんがね。よくもまあ、これだけ皮肉な名を付けたものだと感心しますよ」

ぼそりと言葉を挟んだベヒモスとフェニックスに、リッチ（仮）は憎悪を剥き出しにした声を叩きつける。

「ベヒモスに、フェニックスか。契約者連れでなければ、貴様らも支配してやったものを……。不死者に支配される生命の象徴どもなど、最高の見世物になっただろうなぁ……！」

上位精霊も澪から遅れる事五分ほどで目覚めたんだよな。

つまり、あの娘のカウンセリングとかいう能力は、上位精霊も巻き込んだんだ。

マジで恐ろしい。

「……へえ、精霊支配って、上位精霊でもお構いなしなんだ。なかなか出鱈目《でたらめ》なスキルを持ってる、ね、リッチっぽい人」

思ったよりも強力らしい精霊支配の能力について、ちょっと探ってみる。

多分これが、空木耕作って人が手に入れた異世界の恩恵だと思うんだけど、どうだろ。

『!?』

「空木耕作、だ。お前はライドウなどと呼ばれていたが、俺達と同じなんだろう？　本当の名はなんだ？」

「……その姿でまだ生前の名前を名乗るのって、凄い神経だと思いますよ？」

見れば見るほど禍々しい骸骨である。

しかも死霊術に長じているときた。

そして……アンデッドになってなお、娘の存在に固執《こしつ》して、隙あらば娘のため娘のためと詠唱みたいに呟く。

どうにも、気に入らなかった。

自分の父親――もしかしたら僕の中の父親像――と、あまりに乖離《かいり》する彼の言い分に、納得できてないのかもしれない。

娘を生き返らせるために自らアンデッドになって、蘇生手段を探す時間稼ぎに娘もアンデッド化する。

やがて時間が経ち、自分のように強い負の存在ではなかった娘の意識が薄れて消滅しそうになると、精霊やその他の生者を資源に利用して娘を再構築し、生き長らえさせてきた。

彼曰く、蘇生させるその時に娘がいないと本末転倒だから、だそうだ。

最初からなのか、それとも正気を失っていく過程でこうなったのかは分からない。

でも、何かが致命的に間違っている気がした。

それらの違和感や、僕と相容《あいい》れない感じが……彼への素《そ》っ気《け》ない態度として出ている事は、僕も自覚している。

「リッチ……か」

リッチ（仮）が、なんだか含みがある呟きを漏らした。

「結構高位のアンデッドだそうで」

「俺は確かにリッチに転生した。しかし、ここで力を付けるうちに進化というヤツをしたらしくてな、今はネビロスという。たとえばこの赤いボロキレ、法衣の成れの果てだが、体の一部。人の世ではかなりの素材として重宝されているらしい、カカ」

「ネビロス、ですか」

――と、僕は普通に受け止めたものの、後ろで上位精霊達が妙な反応をしている。

「ネ、おぅふ」

「っ……」

気になって、思わず彼らを見てしまう。

「ベヒモス？」

「いや、名は聞いた事があるが、見るのは初めてでな。なるほど、コレがネビロスか。イレギュラーな個体で精霊支配などという能力まで有しているとなれば、我らにとっても脅威と呼べる存在だな」

「アンデッドなら一撃必殺って評判のベヒモスでも？」

「でも、だ。識のようなのは例外として、俺が処理できない可能性があるアンデッドなど、普通は発生した段階で女神案件になる。その一つが、別名魔神と称されるネビロスだ」

「女神……今回はあれか。日本人だから例外、とか？」

「いや、そんなはずは。たとえモトがなんであれ、アンデッドはアンデッドなのだし……」

こっちのヒューマンだろうと、日本人だろうとって事ね。でもベヒモス達はその存在を知らなかったと。

正直、女神が出てこないのなら、僕としてはそっちの方が嬉しい。

フェニックスが僕を見ながらしみじみと語る。

「女神様自身が降臨なさらない場合、通常は上位精霊総出で当たって、力で押し切るといったところでしょうね。ただしこの個体相手にそれをしていたら、全員が支配されて返り討ちという笑えない状況になっていたはずです。ライドウがここに来るまで手付かずだったのは、結果的には世界にとっても幸運でした」

……。

確かに凄く幸運な事態に聞こえる。

でもさ……幸運だと言うんなら、もう少し僕にちゃんと利益があるケースで起こってほしかった。

女神や世界にとって幸運とか、心底どうでもいいわ。

「それで？　結局、本名を名乗るつもりはないわけか？　話をしにきたと言い出した割りには、随分と失礼な態度だな」

話し込む僕らに、ネビロスが苛立《いらだ》たしげな様子で口を挟んできた。

「社会人経験はこっちだけなもので、申し訳ありません。ただ、日本は今の僕らにはあまり関係がないと思います。貴方はリッ――ネビロス、僕はライドウ。僕らはナイトフロンタルを呪いの地から解放するために来たと。まあ、それでいいんじゃないですか？」

「……」

「プラス、由依さんと名乗ったスペクターの話を聞いて、できれば父親のネビロスさんと話し合いで問題を解決したいと思ってる。こんなところですね」

できれば、ね。

無理なら力で済ませるつもりだ。

「俺の……正気を取り戻したのは、実際大したものだ。お前達には確かな実力があり、由依もまた俺を止めたいと悩んでいる。全て事実だろう。俺の最後の記憶はもう随分と前で、次があるのかも分からん。そして交渉が決裂したならば、俺達ごと消し去ってこの地を力尽くで浄化しようとするその心積もりも、おそらくはハッタリでもなんでもないのだろう」

「……話が早くて助かります」

「御霊喰いを、刈り取る気か？」

「ええ」

「俺の願いは――こうして話ができた今の本当の気持ちは――娘の蘇生だ。ただ、それだけだ。御霊喰いはこの地の呪いの根幹にして、俺にとっての最後の希望だ」

多分、答えが分かっているからだろうか。

ネビロスの声は平坦で、感情はまるで感じ取れない。

「残念ながら娘さんの魂は、もう混ぜ物ばかりでぐちゃぐちゃだ。時間が経過しすぎている事だけが問題じゃない。あんたが何度も何度も人間以外のモノを彼女に使いすぎたからだ。表面的な人格と記憶を保持するために、無茶をしすぎている。僕はその道の専門家ではないけれど、それでも分かる。アレはあんたの娘さんである由依さんの記憶と人格を有したアンデッドでしかない」

ネビロスの身勝手な所業を考えると、つい口調が荒くなってしまった。

彼女は、意識が薄れて自我が拡散する感覚とともに何度も気を失い、そしてしばらくして前後の事は忘れたまま復活し、このナイトフロンタルを彷徨《ほうこう》していると言っていた。

その現象の正体がこれだ。

澪でさえ、彼女のスペクターとしての霊体を調べて眉を顰《ひそ》めたほどだった。

魂は原形を留めず、本当に人間であったのかも既に分からない。

父親である空木耕作はリッチとして朽《く》ちるどころか、ネビロスなんて上位アンデッドに進化するくらい強力な存在だったようだけど、娘の方は違った。そもそもアンデッドになる事なんて望んでなかったのだから、ある意味では当然の結果とも言える。

これは完全なる自業自得だ。

見た目や振舞いだけ、かつての娘を模し続けたがために、肝心の娘の本質、魂はどんどん損なわれていって、もう欠片ほどしか残っていない。

「娘さんの完全な蘇生は、まず叶いません。蘇生自体はできますが、蘇ったモノは間違いなく娘さんではなくなります。今まで混ぜられた色々な存在が一緒くたになった……言うまでもなく、かなり醜悪な怪物が生まれてくるだけです。その時、由依さんの記憶や人格などは間違いなく消し飛びますよ。聞く限り、リミア王家もホープレイズ家も、当時からはもう相当に代を重ねていて、もはや貴方の復讐《ふくしゅう》の対象というわけでもないでしょう。他には何か？」

「絶対に……無理か？　俺にできる事ならなんでもする。娘のために……ただそれだけのために、俺は父親としてこの世界を全力で生きてきたのだ。あの街とて、俺亡き後も娘が花を育てて暮らしていけるように花の名産地にして、リミアにおける花卉市場《かきしじょう》の中心にするべく発展させたのだから」

後悔か。

ネビロスからは、後悔の念ばかりが感じられた。

——父親として、娘のために。

こいつの動機は、全てがそれだ。

この世界に来てからも、ひたすらに。

花の名産地だの花卉市場だのと言っているのも、娘が園芸クラブに所属していたから。ただそれだけが理由だ。

そして残念な事に、花卉市場の中心どころか、もはや街ごと朽ちて人の記憶にさえ残っていない。

ジョイさんは完全に知らない様子だったし、ルーグさんでさえ記憶にないかもしれない惨状《さんじょう》だ。

それに、空木親子には母親の影がほとんどなく、会話からも存在が感じ取れない。死別か離婚かは不明だが、転移してくる前から父子家庭で、ずっと母親がいなかった可能性もある。

だから彼はこれほど過剰に、娘のために生きようとするんだろうか。

肝心の……娘の意思をほとんど聞こうともしないまま。

「それ、どうなんでしょうね」

ついそんな本音が我慢を超えて漏れ出してしまった。一応、丁寧な言葉を心がけはしている。

「?」

「娘のため、娘のためって言いますけど。結局貴方は最後には娘のもとを離れて、そして失った」

「!!」

「そりゃあ、当時色々あったとは思います。でも事実として、娘さんは肝心な時に貴方を頼る事もできないまま死んだ」

「……黙れ」

「王家にも何か思惑があったかもしれません。僕としては基本、ヒューマンって信用ならない連中だと思ってる部分はありますけど。ホープレイズ家にしても当時から大きな貴族だったら、それなりにしがらみもあったでしょう。それでも――」

「言うな！」

「まだ十一や十二の子供だったんでしょう、娘さん。彼女のための街を作る事よりも、一緒に過ごす時間を重視するべきだったたんじゃないかなって、僕なんかは考えちゃいますね」

僕の率直な感想を聞き、ネビロスが激昂《げきこう》する。

「親になった事もない若僧が、偉そうに過去を考察するんじゃない‼　後からならなあ、誰だってなんとだって言えるんだよ‼」

「確かに。僕には親になった経験はないし、全ては終わった事です。その上若僧で、子供の立場でものを言っている。ただ、分からないんです。本当にそこまで娘さんを想っているなら、何故一緒にいる時間を何より大事にできなかったんだろうって。そうしていれば、ここを襲った賊も、貴方が自ら撃退できた。親子とも天寿《てんじゅ》を全《まっと》うできたかもしれない」

「分かってる！　そんな事はアンデッドになってからも何度だって考えた！　だが全部今更じゃないか、もう決して戻る事なんてできないじゃないか！」

「そして、由依さんを失った後だ」

「……？」

「彼女を蘇生させるために無理やりアンデッド化して、無理やり長らえさせて。ネビロス——いや、由依ちゃんのお父さん。あんたがしている事は〝娘さんのため〟って言ってるだけで、実際には自分が父親であるために必死になっているように見えるんですよ、僕には」

……そう。

どうしても、そう見えてしまう。

父親として、と彼は言う。

ことあるごとに口にする。

娘のために、と彼は言う。

それ以外の動機が、彼にあるのかってくらいにだ。

なのにそこには、娘がこうしたいと言ったとか、娘が喜んでくれたから、笑ってくれたから、なんてのは一切ない。

ただ娘のために、だ。

まるで考えもなく、頭ごなしに〝普通〟を強要する親のように。

そういうのが行きすぎた一部は、毒親って言うんだっけか。

「お母さんは、日本にいた頃どうしていたんです？　貴方だけが親でもないでしょうに」

——自分が、父親だから。

——娘には戦う力がないから、娘のために父親として。

そりゃあ、この世界に来てからは仕方ない。

父と娘で来てしまった以上、いない人には頼れないのは分かる。

でも、空木家としての指針というか、夫婦で考えた子育ての方向とかはあるんじゃないのかな。

ちなみに深澄家の場合は、家事全般はこなせるようになる事、それから自衛のために何か一つ護身ができる習い事をするって方針があった。

姉は高校まで柔道をやっていたし、僕は弓道。妹は空手をやっていて、今頃はきっと、合格した中津原高校《なかつはらこうこう》で空手部に入っているだろう。

うん、今思えば異世界転移対策とも思えなくもない……。

「ウチに、母親はいない。そんなものいなくとも、子供を育てる事くらいできる……」

この言い方だと……死別ではないな。

離婚の方か。

今は界の鎮静効果もあって比較的まともに話せているとはいえ、あまり興奮させてカカカモードに戻られても面倒臭い。

ここは突っ込まないでスルーしておこう。

ジョイさんもルーグさんも、元ポーターの奴隷達も、そしてチヤさんまでもが、まだ眠ったまま。

今のうちに済ませられる事は済ませてしまった方がいい。

たとえば、会話はできるけど際限なく濃い瘴気《しょうき》を撒《ま》き散《ち》らしているネビロスの現状をそのままにしておいたら、ジョイさんと奴隷達は目が覚めても即卒倒するだろう。

ルーグさん……は、もしかしたら大丈夫かも。

チヤさん……も耐えられるかな。

ライムは早く起きろ。

「そーですか。じゃあそれはいいとして、話の続きを――」

「いや、軽いな、ライドウ殿。家庭の事情がこの魔境形成の原因なら、聞いておくべきじゃないのか？」

その辺には触れずにさっさと会話を先に進めてしまおうとしたところ、ベヒモスの突っ込みが入った。

「そんな風にねちっこいから、土の精霊というのはマイナーで面倒臭いって避けられるんですよ、ベヒモス」

フェニックスが茶々を入れてくるけど、話が進まなくなるからやめて。

澪を見習ってほしいよね。

大人しく見守っ……こっくりこっくり舟漕《ふねこ》いでらっしゃる！

暇すぎたか……。

それでもきっちりネビロスの拘束を続けているのは凄いけどもさ！

「……二人はネビロスの瘴気を抑え込む方法を考えててくれるかな」

「最上位のアンデッドに瘴気を出させるなとは、また無理を言う」

「呼吸をするなと言っているようなものですよ、ライドウ、殿」

呆れた様子で不平を言う上位精霊の二人。

「僕らはいいけど、他の皆が卒倒しない程度には制御できない？」

「そのくらいであれば、まあ」

「お引き受けしましょう」

「よろしく」

これで瘴気はよし、と。

明らかに体に悪そうな代物だけに、一番に気を遣うところだった。

「俺は、娘の……由依の事だけは諦めきれん。絶対にだ。結果、たとえお前達に滅ぼされるとしても、最後の最後まで持てる全てで抵抗させてもらう」

「復讐よりも父親の矜持《きょうじ》？　ってやつですか」

愛娘《まなむすめ》――なのかどうかは分からないけど、そこまでするものかね。

ナイトフロンタルにどれだけの時間をかけて何を仕込んだのか分からない以上、全てで抵抗するというのは嬉しい話ではない。

「……面倒だよな、ホント」

おっと、つい本音が。

とはいえ、フェニックスとベヒモスも、ネビロスの言い分には無理があると思っているらしい。

「娘ですか。他の方々と一緒にいるあのスペクター、いくら元が人間だとは言っても、原形が失われていては……」

「記憶とおぼろげな人格があるのみではなあ」

口々に厳しい現実を指摘する上位精霊。

ロッツガルドに出現した変異体で、色々とその手の修復や再生に関する実験はした。その前にも、森鬼達が使う〝樹刑《じゅけい》〟を解析した経験がある。

巴や識、上位精霊、今回に限ってはリュカにも協力を望める。

ベストではなくベターならばできなくもない、かもしれない。

ネビロスの方は殺しすぎだから無理だと思うけど……。

一応、提案だけはしてみるか。

「ならば、やらせてもらう。消滅のその時まで、俺は由依の父親をやめん」

やっぱ、意地か。

それで消えたら親子だった事も忘れるのかと。

いや、消えちゃったらもう個としての諸々は一切合切なくなるのかな。

「ネビロス、あんたは殺しすぎてる」

「？　それをお前が言うのか？　こちらに来てどれほどか分からんが、明らかに俺よりも多くの命を屠っているお前が」

「……」

「不思議か？　見えるのだ、不死者であるこの身には。お前には凄まじい数の怨念と憎悪、無念がまとわりついている。俺などの比ではないぞ」

死者の怨念……。

そこまで殺してきたか？

いや……星湖か。

あの時は加減が分からなくて、かなりの数を殺しちゃった気がする。

ロッツガルドで変異体が暴れた時の見殺しも入るなら、確かに相当な恨みを背負っているかもだね。

「……色々ありましたから。ともかく、それは置いておいて。貴方は確実に弾かれるでしょうが、娘さん、由依さんだけなら次善の手……可能性はあります」

「次善だと？」

「人間——いや、この場合はヒューマンになるのか。魂の浄化、そしてどこの誰に宿るのかは分かりませんが、ヒューマンの子としての来世は叶うかもしれない道があります。かなり無茶はする事になるでしょうけど、幸い生命に強い精霊もいるし、リミアで上位竜のリュカもいる。僕らの商会はあらゆる伝手《つて》と、変容した肉体や魂の修復に対するノウハウもある。怨念、僕らは業《ごう》とかカルマと理解して名付けましたが、そうしたものも得意分野ですし」

とはいえ僕は頷いていただけで、巴と識が大活躍している領域でございますが。

「ヒューマンへの転生……日本への帰還は……いや、それは無謀《むぼう》すぎる願いか……」

それは僕らでも無理だっての。

これだってかなりの綱渡りになるんだから、無茶は言わないでほしい。

識に干渉してもらって、上位精霊や上位竜のサポートがあってようやくって代物だと思う。

「まだ正気でいられる今、せめて望める中での良い結末で、決着をつけませんか？」

樹刑の解除も変異体からの回復も、技術的にはもう亜空で充分対応できる。

アンデッド化というエッセンスが加わっているとはいえ、由依ちゃんの魂を人のそれに戻す事も無理じゃない。

そのためのパワー的な部分も、今なら上位精霊をはじめ、亜空以外の勢力からもそれなりの実力者が揃っている。

僕らできちんと音頭をとれば、ネビロスも納得する、だろう。

「……詳しい説明は聞けるんだな？」

「もちろん。そちらこそ娘さんの件が上々に済めば、大人しく消滅を受け入れますね？」

「是非もない。あの娘が人の輪廻《りんね》に戻れるだけでも充分だ。今の俺には勿体《もったい》ないほどの決着のつけ方と思う」

「……余計な復讐は」

「そんなものはもう、忘れた」

……。

難しいところだな。

正気ごと復讐の考えも失っていたのは事実でも、特にリミア陣、復讐相手の子孫にあたる彼らが目を覚ましたらどうなるか……。

「ん……」

目覚める手前にいるのか、昏睡《こんすい》してる誰かから声が聞こえた。

あれは、チヤさん……じゃない!?

奴隷の女性だ。僕の予想は外れ、彼らの中で最初に目覚めたのは、奴隷としてここに来た三人のうちの一人、紅一点の彼女だった。

むくりと起き上がり、周囲を見渡している。

「！　ベヒモス、フェニックス！　瘴気対策は⁉」

「問題ない」

「もう済ませていますよ」

今のところ、彼女が精神面で瘴気の影響を受けている様子はないか。

良かった。あの人で大丈夫なら、他の人も恐らくまともでいられるな。

「さ、それじゃあ僕らも動きましょうか。まずはネビロス、御霊喰いの樹の傍へ。瘴気を垂れ流すのは、ひとまとめになっててください。澪、巴と識を呼んできてくれる？」

「はっ、はい。若様！　もうフェニックスも唐揚げでいいんですね！」

居眠りしていた澪が目を覚ましたが……意味不明な事を口走る。

「どんな夢を見てるの……。巴と識を呼んできてくれる？　んで樹の傍にね」

「はい！　分かりました‼」

「僕はリュカを呼んでくるから。皆で協力してここを元に戻そう」

何時間かあれば終わるでしょ。

あー、じめじめだった。

もう、しばらく沼も遠慮したいな。

4

えー、こちらアンデッド沼ナイトフロンタルの真です。

リミア陣でまさかの大活躍をした御仁《ごじん》がおられます。

女奴隷のアニスさんです。

僕みたいな人権大事派の日本人には決して真似できないエッジの効いた視点から、ネビロスを見事なまでに叩きのめしました。

巫女のチヤさんでも、知識や財力のあるルーグさんでもなく、まさかの彼女がMVP。

腕っぷしじゃなくて議論という土俵だったのも大きいかもしれないけど……。

皆が目覚めてからリュカについての説明を大雑把《おおざっぱ》に済ませた。

なかなかお目にかかれないリミアのVIPリュカの登場に、上位精霊の時と同じような騒ぎが少しばかり起こったのは言うまでもない。

巴と識には煙幕みたいに視界を遮る《さえぎ》瘴気の中に引っ込ませ、由依ちゃんの記憶と人格を有するスペクターらしきアンデッドに施す《ほどこ》処置について、ネビロスに説明してもらった。

事件が起きたのはその後だ。

アニスが大人しくしているスペクターにおずおずと声をかけ、首を傾げる。そして意を決したように、ネビロスにも話しかけた。

人の権利すらまともに理解できない奴隷風情《ふぜい》は黙っていろ、とネビロスは最初、彼女を相手にしなかった。

けれどその後、彼女はなんと僕に疑問をぶつけてきたんだ。僕じゃなくネビロスを完全に支持した上で。

——彼は親として全く間違っていない。どうして貴方の言葉が正しいかのように、強大なアンデッド二体が納得するのか。

そんな彼女の問いに僕は、彼らが元は人で、今はアンデッドとしての憎悪なんかが鎮静化された状態にあり、本来の意識が強く出ているからだと説明した。

ところが、アニスの疑問はそこじゃなかったらしい。なんと彼女、ネビロスの執着をまさかのほぼ全肯定してしまった。

彼女はネビロスに対してこう断言したんだ。

「子は親の所有物。畑仕事や狩りに人手は必要だし、親は自分の都合で子を産み、育てる。養《やしな》っていくのに負担が大きかったり、不作だった年に食《く》い扶持《ぶち》が足りなくなったりしたら、役に立たないのから売るのも、口減らしするのも当然の権利。その親の貴方が、自分がしたいように子を扱うのは至極当然で、一人で生きる力もない子供に意見を口にする権利なんてあるわけがない」

アニスが口にした事には、自身の境遇への諦めや悟りも混ざっていたのかもしれない。

人権というものが子供にも当たり前にあるという考え方の異常さを、ひたすら訴えていた。

そして、ネビロスがしている事は、商人や貴族の世界でも当然の行いで、僕の思想こそ異形《いぎょう》なものにすぎない。たとえ酷い一面があったとしても、ネビロスが娘の意思を無視したり、自分のやりたいように娘の存在を蹂躙《じゅうりん》したりするのも、当たり前の正しい親の姿なのだと。

まあ、僕が言うのもなんだけど、凄く残酷だった。

彼女に擁護《ようご》されればされるほど、ネビロスは言葉を失い、そして絶望に染まっていった。

元が僕と同じ日本人だからだろう。

彼は娘の人生を一番に考え、そして親として充分なものを子供に残すつもりで行動していた。なのに実際には、人権なんて言葉すらなかった遥か昔の、子供や弱者の権利など認められなかった頃の思想に即した〝とても真っ当な人物〟だと評されたのだから。

逆に僕が言っているような、子供達の言葉に真摯《しんし》に耳を傾け、子供の未来のために親は率先して道を拓《ひら》いてやるものだという考え方は、鼻で笑われる始末。

僕も彼女に質問攻めにされ、逐一《ちくいち》言葉を選びながら回答していったものの、途中から大分空木耕作氏に同情的な気分にさせられた。

一応、僕らのいた国では、弱者の権利も様々に保護されて、皆が自分の可能性を追求できる——あくまで理念としては——そんな世の中だったと、彼女にも納得はしてもらえたけどさ。

そうしたら今度は、なんで空木耕作は娘の事を完全に無視して、自分勝手に暴れて満足しているのかと聞かれ、話題を強制終了せざるをえなかった。

ネビロスのライフはもう明らかにゼロだった。

いや、アンデッドだからとかそういうダジャレではなく、メンタル面でのオーバーキルである。

――で、僕らと巴、識、澪、空木親子は、御霊喰いの根本である瘴気の中に入って、ヒューマンへの転生の準備を進める。

その外では、樹を囲むように上位精霊のベヒモスにフェニックス、上位竜のリュカがスタンバイし、さらに外側では、ライムが他の面々と状況を見守っている。

「じゃあ、始める。巴、識、頼む」

巴と識が首を縦に振って応える。

滑らかに複数の詠唱が始まり、スペクターの霊体に七色の魔力が絡みついていく。

ネビロスは術の様子をつぶさに確認しながら、頷いていた。

受けていた説明通りに事が進んでいくのを確認しているんだろう。

識と対面したネビロスはお互いの存在に驚愕しながらも――アンデッド繋がりなのか、アンデッド転生仲間のよしみなのか――波長が合ったようで、結局は意気投合した。

……それに比べて、精霊と竜ってのは、本当に仲が悪いな。

「まさか上位竜と協力する羽目になるとはな」

「ライドウ殿の手前、断れませんでした。非常に不本意ですねえ」

ベヒモスとフェニックスの愚痴《ぐち》に、リュカが噛みつく。

「それは私の台詞です、精霊どもが。いいように手勢を食われたばかりか、死操の魔神ネビロスの発生を許すなど」

「貴様が根城にしているリミアで発生したネビロス、だろうが」

「ええ。ベヒモスの言う通り、結局はお膝元でヒューマンの権力争いを好き勝手にさせた管理者気取りのトカゲの失態ですね」

売り言葉に買い言葉で、一触即発の雰囲気。

「……お前達がリミアに存在している事を許しているだけでも、私としては随分な譲歩《じょうほ》なのですがね？」

「貴様の許可など、なんの価値もないわ」

「まったくです、何様のつもりですか」

「ちょっと顔を貸しなさい、デブ牛と焼き鳥」

巴も精霊の参加を面白くなさそうにしていたから、筋金入《すじがねい》りの不仲なんだろう。

けど、今のお前ら三人とも、たとえるなら献血中で横になっている人ＡＢＣ程度の違いしかないんだし、静かにしてほしい。

魔力や精霊の力はもちろん、場の安定や環境作製にも多大な資源を提供してもらっていて、そこは感謝してるけども。

「あのさ、そんなにかからないから、大人しくしててもらえるかな」

『……』

「返事は？」

瘴気の外と内とはいえ、声は通るんだぞ？

もしもし？

「……今回だけ、堪《こら》えてやろう。召喚者の顔を立てて！　今回だけ！　な！」

「私も、ライドウ殿とリミアの人の煌《きら》めきに免じて、此度だけは我慢します」

精霊達が折れたところで、リュカも不承不承ながら受け入れた。

「リミアでの失態は事実。ええ、私も今日だけは何も見なかった事に、しましょう、ええ、ええ」

不良漫画じゃあるまいし。

一応、それぞれに尊敬を集める存在なんだから、違う学校同士が繁華街で出会ったみたいな、分かりやすい仲の悪さを披露《ひろう》するんじゃない。

一方、チームリミアは比較的大人しくしてくれている。

「なるほど……これがクズノハ商会の本気ですか。ふむ、なるほど、訳が分かりません。冗談にも程がある」

「女神様や精霊様の位階に存在する商会……クズノハ」

ルーグさんとジョイさんが呆然と呟く傍《かたわ》らで、奴隷の一人が引《ひ》き攣《つ》った笑い声を上げる。

「へへ、俺、分かっちまった。あの人達にとって、ナイトフロンタルは墓場どころかガキの集まる砂場なんだ。呪いなんて、犬の糞なんだ」

「……私は、賢人様の事だけでも全部を知ってるわけじゃなかった」

チヤさんにとっては、ローレルの外での賢人の境遇やネビロスから語られたローレルの暗部に思う所があるみたいだ。

ネビロスはその特異な能力から、ローレル連邦の庇護《ひご》を断られた日本人だった。精霊支配は上位精霊にも及ぶ精霊特攻の力――ローレルが受け入れるには、あまりにも危険な力だ。

おそらく数少ない例外だろうけど、空木親子はローレルから見放された賢人だったと言える。

その事実は、チヤさんには少し厳しいものがある。

あと奴隷男その一、犬の糞とか言うな。

そんな中――

「お、おお……！　娘の、由依の魂が、少しずつ人の色を……！」

絞り出したかのような、小さくも力強い言葉がネビロスから漏れた。

お掃除のプロが頑固な汚れを徐々に、確実にこそげ落としていく様子に似てる。

あ、繊細《せんさい》かつ巧《たく》みな雑巾搾《ぞうきんしぼ》……不謹慎《ふきんしん》だからこれ以上は言わないけど。

……幸運、か。

空木親子にとって、これは最善の結末じゃない。

重なった不幸の果ての、ほんの少しマシな最後にすぎないと思う。

ただ僕がこちらに来て、巴と澪と識に会って、荒野で森鬼の樹刑を知り、ロッツガルドで魔族の変異体事件に遭遇《そうぐう》したからこそ、今がある。

そんな成り立ちを考えると、やはりこれはとんでもない奇跡と並ぶくらいの幸運だ。

このまま僕がここをスルーしていたら、やがてリミアは完全なアンデッドとしてのネビロスと遭遇して、少なからぬ被害を受けていただろう。

こんな最悪の時限爆弾は、いくら響先輩でもなかった事にはできない。

多少、幸運の発生具合と受益者のバランスにモノ申したい複雑な気分は残るけど……。

後はチームリミアの皆さんに期待かな。

この、結局は何も起こらなかったアンデッド災害をどのくらい深刻に受け止めて、国で広めてくれるのか。

そんなリミア出身のアニスは、術式を始める前、僕にそっと頼み事をしてきた。

僕らがほんのわずかな時間を共に過ごしたあのコテージ――叶うならあれを、自分達に売ってほしいと。

どういう心境かは知らないけれど、我が家としてアレを使いたいらしい。

クズノハ商会がリミアにどれだけ協力したか、一生かけて宣伝してくれるならタダであげる、と言って許可したのは、僕なりの保険の一つだったりする。

現実は非情だ。

どれだけ頑張って、深刻な問題に立ち向かって解決したとしても、功績が正当に評価されない。

あるいは、何か被害や不利益が出る前に人知れずそれを防いだとしても、最悪元々何も起こってなかった事にされてしまうなんて例も多々ある。

ロッツガルドの時のように、僕らが関わるなら、事態をしばらく静観してから干渉する方がやはり旨味は大きいんだろう。

まだ少し、しこりはある。

だけど、呑み込まなきゃな。

または、割り切るか。

自分や仲間が命懸けでした事が、何一つ、誰にも評価されず、怪しまれるだけに終わったとしても、それら一切は好きでやっただけだから、と。

はは、馬鹿らしい。

僕だけなら全く構わないけど、周囲も巻き込んだなら……多分まだ僕は許せないと思っちゃうな。

感慨《かんがい》に浸《ひた》っていると、ひと仕事終えた巴と識が声をかけてきた。

「若、おおよそは済みましたぞ。後はあの怪しげな樹を刈り取って、フリーになったこの魂を輪廻に戻すだけです」

「初見ならお手上げでしたが、幸いにもこれまでの経験が役に立ちました」

「ありがとう二人とも。ネビロス」

「う、む？」

「約束は果たしたつもりです。御霊喰い、好きにさせてもらっても？」

一連の流れは隠さずに全て見せた。

疑いは持っていないようだけど、納得はしてくれているかね。

彼の長年のアンデッド人生の結晶にして、最後の頼みらしいけどさ。

「……もちろんだ。俺自身の消滅も含め、何一つ異論はない……だが」

言い淀《よど》んだネビロスに、先を促《うなが》す。

「何か？」

「聞きたい事と頼みたい事がある」

「今更ですね。まあ、どうぞ」

応えられるか、聞き届けられるかは別にして。

「何故ライドウは頑《かたく》なに俺をネビロスと呼ぶ？　同じ日本人として、名乗りはしたつもりだ」

「……僕はアンデッドになるという方法で人をやめて、かつ正気も失って世界を漂《ただよ》う貴方を、日本人だと思っていないからです。かつてそうであった者だとは認めますが、今の貴方の在《あ》り方《かた》は、絶対に人間じゃない。認めたくない。だからですね」

「そう、か。辛辣だな。が、分かった」

「それはどうも」

認めたくない、人の弱さを見せつけられているようで。

空木耕作という人物の顛末は、僕にはどうも、受け入れがたいものだった。

きっとこういうの、若さとか未熟さとかなんだろうな。

自分でも、頭の中では一応分かっちゃいる。

「頼みたい事は、俺の体だ。全身良い素材になるとは、冗談で言った気がするが」

「ああ、はい」

「どうか、お前達で活用してほしい。リミアにくれてやるよりは識殿やライドウに役立ててもらいたい」

識殿、かー。

まあ、彼から見れば僕は若造だからね。

年齢差もあってか、どうも僕はネビロスに子供扱いされているというか、対等には見られてないというか。

こちらじゃともかく、日本の感覚なら、確かに僕は社会に出たての若造。

仕方ないといえば仕方ないのか。

やってみせた事にしても、僕本人より他の皆の活躍が大きいのも事実だ。

「……分かりました。貴方の遺骸《いがい》——素材については、リミアの関係者には触れさせない。利用するなら僕らが使わせてもらいます」

「ありがとう。いや、ありがとうございます」

ネビロスが頭を下げた。

股関節から深々と。

「澪。それじゃ御霊喰い、一緒に刈り取ろうか」

「はい！」

全体の調節をしてくれていた澪も、もう仕事は済んでいた。

ネビロス同様、御霊喰いの方も跡形もなく消滅したっていう体《てい》で、亜空に放り込んでおいた方が無難だろう。

下手に力が残っている状態でリミアに引き渡しても、ロクな事にはならない。

元日本人で、ネビロスって有名なアンデッド案件なのに、どうして女神やリュカが放置一択だったのか。

僕に面倒をおっ被せようって嫌がらせじゃないかと疑うね、ほんと。

「ではネビロス殿。若様が御霊喰いを刈り次第、お二人を浄化します」

「世話をかけます、識殿」

ネビロスと従者達が、何やらしんみりと話しはじめた。

僕と澪は精霊を喰う樹の前に立ち、そして――

「若様、適当に引き抜いてしまってください。後は私が良きように転移させますから」

「ありがと、澪」

お言葉に甘えて、両脇から押さえつけるように大樹を掴み、幹に指を食い込ませる。

そしてそのまま一気に引き抜く。

盛大に宙を舞う樹を、澪が枝やら幹やらを適度な大きさにカットしながら、次々に亜空に放り込んでいってくれた。

僕は地中に残った根っこを魔術で探索しながら焼き払い、御霊喰いの痕跡を消していく。

瘴気の外で待機してるベヒモス、フェニックス、リュカに連絡して、浄化に必要な魔力や属性の力を中にもっと送り込んでもらう。

疲れていそうだけど、これが最後の献血だ、よろしく。

「別れの時か」

「ネビロス殿。今、娘さんの魂は間違いなくこの世界の輪廻に戻りました。少なくとも、人として生まれ変わるでしょうね」

「……よかった」

「心地よい眠気が押し寄せてくるじゃろ？　お前もそれに身を任せればよい。暴れて若の手を煩《わずら》わせずに大人しくしておったんじゃ。褒美《ほうび》に快適な浄化をくれてやる」

巴にそう言われ、ネビロスが再び頭を下げる。

「クズノハ商会の皆さん、本当に、何から、何……までありが、とう……ござ、いまし……た」

おお、言い切った。

逝《い》く前の最期《さいご》の意地かな。

全く、頑固で面倒な大人だった。

「っ!?」

ネビロスの体から存在感がなくなり、骸骨の体が乾いた音とともに崩れ落ちた瞬間。ふわりと赤い布切れが覆いかぶさるか否かのその時――

彼を中心に、これまで感じた事のない特殊な風が吹いた。

風、まさか風の精霊が何か関係していた？

急いで界を展開し、周辺を探索する。

ネビロスから生まれた風、重くて力強いそよ風とでも言えばいいのか、その影響は一体……。

「……あ」

波打つ風は瘴気も蹴散《けち》らし、黒い虫達も残らず呑み込んで広がっていく。

その後に残る光景。

これは……なるほど。

ナイトフロンタル本来の姿。

ネビロスがリッチだった頃か、あるいはもっと前か。

シャトーユイと呼ばれた街ができるよりも、もっと？

豊かな湧水が流れを作り、一面の緑の中に色とりどりの花が咲き誇る。

湿地というより、花溢《あふ》れる草原だ。

ネビロス、空木耕作——彼は汚染させる前のこの地の記憶を、なんらかの方法で保存していたんだろうか。

死《し》に際《ぎわ》に渾身《こんしん》の力を振り絞って、記憶にあった姿を再生する。そんな事が、可能なのか？

「……ほぅ。あ奴、最後に一つ〝さぷらいず〟を残して逝きよった」

「ええ……土地を過去の状態に戻すとは、凄まじい。非常に興味深いです」

巴と識でさえ驚いている。

少し遅れて、上位精霊にリュカ、チームリミアの皆さんも事態に気付き、それぞれが驚きを口にしはじめた。

大した人数じゃないのに、ちょっとした騒ぎだ。

あ、じゃあネビロスが出てきた洋館はどうなったんだ？

視線をそちらに向けてみると……なくなっていた。

視界を悪くするためにあったとしか思えない鬱蒼《うっそう》とした森も消えていた。

一面の草原。花の香りが風に運ばれてきて清々《すがすが》しい。

青空とあいまって、数分前とは百八十度違う印象になった。

コテージ、一旦回収しておいてよかったな。

場所はあのままで大丈夫だったのかをアニスに聞きそびれたのもあって、一応ね。

もしかしたらこの変換に呑まれてなくなっていたかもしれない。

ナイス、僕。

そうだった、巴と識には戻ってもらわないと……って、もういない。

なんか後で用事があるから亜空に戻ってほしいとは言われているけど、二人とも早いな。

瘴気が消えた段階で察して、一足先に戻ったのか。

さて、じゃあネビロスの骨その他も亜空に……と、しゃがんで手をかざし、小型の霧でまとめて素材を包んだ。

『お、おぉ……！』

と歓声のようなどよめきが聞こえて、僕はそちらを見る。

もうすっかり瘴気は晴れていて、黒い霧もない。

ああ、チームリミアの皆さんか。

？

ふと、周りを確かめる。

花と草原と青空の中で、僕を取り囲む澪と上位精霊とリュカ。

しゃがみ込んだ僕の手の先には、キラキラした霧が光っている。

かすかにネビロスだったっぽいモノが端々《はしばし》にあり……そして立ち昇る浄化の残光と一緒に、霧と素材が消えた。

ん？

なんかこの絵面、よろしくないような。

チヤさんが僕を見る目が、おぞましき何かを我慢して見る感じから、多少の畏《おそ》れらしきものを含む視線に変貌《へんぼう》している、ような……。

「じゃ、じゃあ！」

ゴクリ、と。

僕の言葉に誰かが息を呑んだ。

それも複数。

「まず、アルグリオ様の所に帰りましょうかね！　ほら、ちょっと凄い事になっちゃいましたけど、依頼は充分に果たしたと思いますので！　お、お疲れ様でした!!」

やばい。

ルーグさんが、アルグリオさんを見るよりも真摯な視線を向けてくる。

ジョイさんはアニス達三人の奴隷と同様に、キラキラした目——英雄でも見るかのような顔をしている。

チヤさんは精霊と僕を並べて見ているか、もしくは上に置いている感じだ。

上位精霊が平伏しているのはこの際いいとして、リュカまで、わざとらしく頭を垂れている。

演出か、お前ら！

わざとか、わざとなんだろう⁉

「お疲れ様でした、ライドウ。かような奇跡を人の子に見せられるとは、このリュカ、ただただ感服するのみです」

「あー……リュカ、どうして大きくなってるんですかね？」

「ナイトフロンタル踏破《とうは》、及び呪いからの解放、ネビロス討伐。現代に起きた事とは思えない神話クラスの活躍をした者達を、歩いて帰すわけにはいかないでしょう？」

「空飛んでホープレイズ家の屋敷まで行く気⁉」

「ええ、協力が遅くなったお詫《わ》びも込めて。そしてライドウ、約束しましょう」

「……約束？」

「このナイトフロンタルと呼ばれた地を、私は責任をもって守護していくと。メイリス湖から居を移し、この地を新たに我が守護地とします」

「⁉　や、それだと都とか造れなくなっちゃうし」

「ふふ、もちろん、ここに人が街を、王都を造るというのなら、その都ごとまとめて守護しましょう。数々の私の無礼、どうか許してくださいますか、ライドウ？　生まれ変わったばかりの非力な身ですが、できる限りの事はしますよ」

……おおう。

何やら状況が色々と複雑怪奇になったような。

響先輩とリュカは仲が良さそうだったから、まあいいのか？

「別に無礼とかはなかったから、そこは気にしなくていいんですが――」

「よかった。では決まりですね」

間髪容《かんはつい》れずに即答!?

ニッコリしちゃって、まあ……。

「こびへつらう上位竜とは、また珍しいモノを見た。ライドウ殿、良き体験ができた、礼を言う。また何かあれば喚ぶがいい。可能な範囲で協力しよう」

と、ベヒモスは上機嫌に笑う。

そして全身がオレンジの光に包まれて、消えていった。

「本当に良き一日でした。残ったのがこの光景であるならば、精霊の葬送《そうそう》としても申し分ありません。貴方に感謝を、ライドウ殿。この大きな借りはいずれ。では失礼します」

そう言い残し、フェニックスは見た目には燃え尽きるかのように消えた。

その後、リュカは僕ら全員を快く背に乗せて、十分もかけずに――そして混乱と歓声を大量に生み出しながら――アルグリオさんが待つホープレイズ家の屋敷がある街に到着した。

依頼について手早く報告して、仔細《しさい》は後日という事にしてもらい、僕らは疲労を理由に謝りながらその日の内にリミア王国を後にする。

巴や識から呼ばれているってのもあったけど、本当のところは面倒から逃げたい気持ちが大半。

なに、ルーグさんがいるさ。

アルグリオさんからの信頼も厚いようだし、彼ならジョイさんと協力して上手くやってくれるはずだ！

おなしゃす!!

5

空木親子を天に還《かえ》して、ナイトフロンタルがメルヘンすら感じさせる一面の花畑に変貌したのを確認した後、僕らは亜空に戻ってきていた。

「還すんじゃなくて、呼ぶ方？」

「はい」

「間違いありません」

僕からの確認に、巴と識が頷いた。

どういうこっちゃ。

少し前に、リミアのメイリス湖に住む上位竜リュカの住処《すみか》で見せてもらった本の一つに、僕にとっては結構重大な内容の儀式が書かれていた。

意外と条件が厳しくて、僕以外の同行者がいては駄目そうな記述があったから、使わずに巴達に見せる事にしたんだ。

で、その結果報告で言われたのが、さっきのよく分からない言葉。

どうやら帰還する術じゃなくて、呼び出す術……らしい。

まさにどういうこっちゃ。

説明を受けた僕は、自分なりに理解して、その上で考えていた。

「あの本には、召喚によって呼び出された者が千人の人命と引き換えに在るべき所に還る儀式だって説明してあったけどなあ……」

最初の最初、前書きみたいな部分だけの話だが。

「その記述は間違いありません。儂らも確認しました。ただ、妙に装飾された、偽装にも見える儀式と詠唱を仔細に調べた結果、異界からの召喚術である事が分かった次第で」

巴の言葉を識が補足する。

「しかも、かような記述に反して、術そのものは特別な道具や、触媒《しょくばい》としての生贄などを必要としない形式でした。かなり説明と違う術式ですので、若様にご報告を、と」

なるほどなあ。

一番考えられるのは誤字かな、とか思ったけど、一応上位竜の蔵書だし、今回はそれはないだろう。

そもそもリュカは真面目そうで、なんとなく付き合いを避けられているような雰囲気は感じたけど、僕を騙《だま》すメリットは多分ない。

これがルトなら〝大正解〜〟とか言いながらくす玉割って、第二問もありそうだけどねえ。

次に考えるとしたら……。

「……その儀式で召喚した誰かに、元の世界に帰してもらうって事？」

なんだろうね、あまりいい予感はしない。

「その流れが妥当なところかと存じます」

「私達もそう考えております」

これで正解か。

やっぱり、ではある。

もちろん、儀式の説明が嘘という可能性も残っている。

誰かが試した前例を見つけたわけじゃないから、それは仕方ない。

儀式そのものが嘘か、それとも何かが来るのか。

少なくとも、来るかもしれない何かに、巴と識が警戒しているのは分かる。

この二人でどうとでもなりそうなモノなら、とっくに呼び出して調査は進行しているだろう。

「で、ロクでもないモノが来る可能性もあるから、報告を先にしたってわけね」

「わけです」

「はい」

ちなみに、ここにいるのは巴と識と僕だけ。

澪は茶碗蒸《ちゃわんむ》しを仕込むために席を外している。

由依ちゃんが語った思い出話に出てきた好物の一つに僕が反応したばっかりに、澪の料理人スイッチが入っちゃったみたい。

なんか凄いやる気になっていた。

ただ、迂闊《うかつ》に一言呟いただけでああなるとは思えないから、僕は多分他にも何かのたまったんだろう。

好きだから、夜食に出してくれるなら嬉しいけどね、茶碗蒸し。

空木親子の遺産だと思って、ありがたく頂く他ない。

願わくば、人の魂を取り戻した彼女がいずれ現代日本に戻れ……いや、やれる事はした。

あの娘にしても、ネビロスに変生した父親にしても……後は彼らの運次第。

人事は尽くしたんだ。

そうだ、なら後はグジグジ考えて悩むんじゃなく……祈るだけだ。

「うん。最初に言っとくけど、やったら相当面倒なモノが来ると思うよ」

「でしょうな」

「若様ですからね」

巴も識も、なんたる即答だろうか。

「……いや、そこはさ。ワンクッション――せめてその心は、くらい聞かないかな、普通」

「これまでことごとく、狙いすましたかのように最悪近辺から結果を拾ってきてますからな、若は」

「時折、想定する最悪の底をぶち抜きますしね。あれが不景気の底なら、世の中笑い事では済まされないでしょう」

「さ、最悪の底でも笑い事じゃないんだけど。だいたい識、底繋がりで景気を持ってくるって、どうかと思うよ?」

「辛うじて、笑い飛ばせるだけの諸々の丈夫さを、若がお持ちなのが救いですな」

実に言われたい放題だ。

とはいえ、僕も警戒の根拠が薄いところを引き当てる自分の妙な運、ヒキについては、ちょっと偏っている気はするんだよな。

でもその内きっと良い事があるだろうから、別にいちいち囚われたりはしてない。

「まあ、召喚術だって言うなら、とりあえず呼んでみる？　どうやって帰れるのかとかは、話を聞けばいいわけだし」

「儀式のコストはどうしますかな」

「コストか。んー、流石にどっかで戦争でもしていてくれないと、千人用意するのは難しいよなあ」

死んでもいい連中が互いに殺しあっているところから攫《さら》ってくるのが一番楽だ。

いくらなんでも殺すの確定で人身売買をするのは気が引ける。兵士や傭兵とは違って、奴隷は命を捨てる覚悟まではしてないのも結構いるだろうし。

「話して分かる輩なら、前もって用意する必要はないかもしれませんが、一応相手の要求として提示されているものでもありますから、怒りを買う展開は予想できますな」

確かに、巴の言う通りだ。

こういう準備を整えて実行したら元の世界に帰れるっていう儀式だよ――と、記してあるんだから、その通りにしてから術を行使するべきだ。

「あと、儀式を行う場所も問題ですな。果たして亜空でやるのがいいのか、それとも外でやるべきなのか」

ああ、それもか。もっともだ。

規模が大きいだけに、外でやれば女神の目につくだろうな。

最近妙に大人しいとはいえ、無害なわけじゃない。むしろ、あれは危険度も迷惑度も一級品の害虫だ。

ただ、生贄は現地であちらさんが好きに貪《むさぼ》るって話なら、外の適当な場所でやる方がいい。

というか、亜空でそんな真似はさせられない。

「人目を避けるなら亜空ですな。ここは今のところ女神にも見つかっていません。ただ、生贄の方が困ります」

「だよね。でも、どうして生贄なのか、別のもので代替できないかを確かめてみたいわけだから、誰かに見られかねない外よりも、亜空の方が安心なのも事実なんだよね」

だって、生贄を魔力で肩代わりできるなら、腐るほど余っている。

あるいは人の命じゃなくてもいいなら、荒野とかケリュネオンで魔物を捕獲しまくればいい。

明らかになっている詠唱がただの召喚術でしかないんだから、呼んでその辺りを確認すれば、帰るための条件そのものが変わる可能性が充分にある。

「……女神よりも上位の存在が来る可能性はありませんし、若が備えてくださるなら亜空で試すのが無難ですな」

え？

巴がさらっと大事な事を言った。

僕の心が亜空で試す方向に一気に傾く。

「女神より上位の存在は来ない？」

オウム返しに巴に確認する。

てっきり、この前亜空に来た神様トリオ——大黒天様とスサノオ様とアテナ様——みたいなレベルも来るのかと、内心ビビッていた。

「詠唱は儀式を主催するものだけで完結する形式でした。もしこの世界に住む者が女神を上回る存在を他世界から呼び出そうとすれば、詠唱の過程に必ず女神の許可を求める節が加わりますからな」

……なるほど。

だったらそれほど悩む必要はないか。

つまり上限でも女神以下って事なんだから。

「なら亜空でやるか。一応、街からは離れた場所で……巴と澪に二つの街を守っておいてもらえばいい」

二人とも防御向きの能力だから適任だ。

「海の方は海王《シーロード》のセル鯨《ゲイ》他に守らせれば問題ないでしょう。あとは澪に屋敷の方を任せたら、儂はご一緒できますな」

巴、珍しいな。

一応、僕を心配してくれているって事か？

海を背にしたセル鯨や海の種族の防御力は結構なものがある。

純粋な防御力で澪に並ぶほどじゃないにしろ、信頼できるのは確かだ。

巴も攻撃か防御かって二択なら防御に傾くけど……。

「珍しいね。一応調査した手前、最後まで確認したいって感じ？」

「……そんなところです」

「分かった。万が一に備えるのって、僕の場合はかなり必要みたいだから助かるよ」

「ええ、お任せあれ」

「識、準備はどのくらいでできる？」

「下準備は終えておりますから、あとは多少の詠唱を残すだけです。街から離れた場所で用意しておりますので、移動の手間はありますが」

「流石。僕がお願いするまでもないか」

もう手を打っておいてくれたんだ。この分だと、亜空の外でも準備してあったのかも。

頭が下がるよ。

◇◆◇◆◇

地獄とか魔界の門と言われても頷けそうな禍々しい門が、目の前にある。

材質はよく分からない骨っぽいもの。

観音開きの仕様で、門の枠の天辺《てっぺん》にはのっぺりした顔の面がついていた。

高さは二階建ての家くらい。つまり、かなりでかい。

「ある意味分かりやすいか。世界の移動に門ってのは」

「まんまですな」

巴の同意を得た。

といっても、僕の従者でこれを趣味が良いと言う奴も、門という姿を逆に新鮮だと言う奴もいないんだから、誰の相槌でも大して変わらない。

今僕がいるのは、どの種族も住んでない広々とした草原。

こんな場所、亜空にはそれこそいくらでもある。

特撮の爆破シーンの依頼だって、どんとこいだ。

「ですが、召喚に応じた以上、この門は意思ある存在です。油断はなさいませんよう」

識は真面目だ。

言われなくても、こんな外見の門が出てきたら、僕でも油断はしない。

そんな中、門が何やら呟いた。

「……初めて来る所だな。使われた術式を撒いたどの世界とも違う……が」

おし、言っている事はばっちり分かる。

質問タイムといきますか。

「はじめまして。僕が貴方を呼び出した者です」

「人か。それに……アンデッドに竜？　いや、微妙に違うな。亜種……それも違う。なるほど、支配の契約を受け入れた者か。骨董品《こっとうひん》ものの、古臭く強力な――まあ、それはよいか」

思った通り、上についている面が喋っている。

少しばかり首は疲れるけど、まあ、それはいいや。

何やら考えているようだから、少し待った方がいいかな？

あ、そういえば名乗っていなかった。

ライドウ――いや、本名の方がいいか。

「僕は深澄真です。こちらは僕の従者で巴と識。よろしければ、まず名前を聞かせてもらえませんか」

「……サマルだ。もっとも、名前など我らの間には意味を成さぬだろう。ところで、贄はどこだ」

贄、千人の命か。

早速来たな。

「サマルさん、その事なんですが、何故千人の命が必要なんでしょうか？」

「術に必要と、記してあったはずだろう？　こうして対面している以上、そちらは納得して行使したはずだが」

「僕らはこれを召喚された者が元の世界に帰る儀式だと教えられました。しかし現実に調べてみると、儀式自体の構成はただの召喚魔術。より詳しく内容を知るために貴方を呼ぶ事にした次第です」

サマルさんは質問に答えてくれてないが、ここは気長にいこう。

少なくとも、こいつから感じる気配は、あの女神やアテナ様から感じたものよりも弱い。

プレッシャーが弱いというか、発している波が大人しいというか……まあ、極めて主観的なものだ。

「……聞き間違いでなければ、試しに呼んでみた、と受け取れるが」

「大筋ではそれで合っています。こうして話ができる存在だと思いましたので、交渉も可能ではないかと考えました」

「随分と舐《な》められたものだな。……だが、この場所に千ほどの命はあるようだ。かなり質も良い。充分賄《まかな》えるか」

亜空の住民の数を把握した？

早くも実力行使に出られると、正直何も聞き出せない。

このなりから察するに、単にこいつの特殊能力的なものかもしれない。

そうなると、聞いても無意味？

いや、なんとか友好関係を築くって手もないわけじゃない。

「千の生贄が必要な理由を、まずお聞かせいただきたいんですが」

「何故お前如きに話す必要がある？」

う……神様的な存在名物、ナチュラル傲慢《ごうまん》来ました。

こっちも暴れるなら鎮圧《ちんあつ》すればいい程度に考えていたから、僕も傲慢といえば傲慢だけどさ。

正面から嫌な空気が漂ってくる。

同時に、僕の両サイドの空気も不穏なものに染まっていた。

「お前……？」

「如き……？」

こめかみをヒクつかせる巴と識は一旦置いといて、会話を続ける。

「たとえば魔力とかで代替できたりしないかな、と思うんですが」

「魔力だと？　お前は馬鹿か。他者の魔力など貰ったところでなんになる。命、魂の代わりになどなるはずがあるまい。魔力のなんたるかも分からぬ愚鈍《ぐどん》な者が、一体どうして我を呼ぶ術式に至ったというのだ……」

「馬鹿……」

「愚鈍……」

魔力って万能な何かだと思っていたけど、実際はそうじゃないのか。

生贄とか、既にオカルト要素満載なんだから、同じ方面の魔力もこう……上手い事色々できると思ったのに。

ケリュネオンで偶然できたマグマ池みたいな例もあるわけだし。

「なら、植物とか魔物の命でもカウントされます？」

「……救いようがないな。強き欲を持つ魂でなければ意味などない。即ち、人か人に属する命でなくば意味がない。百歩譲っても獣人までだ」

「……」

となると、いよいよ集めるのが面倒になるな。

せっかくリュカが見せてくれた知識だったのに、無駄骨になってしまいそうだ。

サマルさんの力の行使そのものに生贄が必要なら、僕が行き来する度に千人死んでもらわないといけなくなる。

現実的じゃない。

一応、彼が言う獣人までという括《くく》りは、亜空の人ではない種族にも適用されるみたいだけど、差し出すなんて冗談じゃないしな。

「見たところ、お前は随分と変わり種のようだな。それに、初めて会う気配ではない」

サイコな人か？

僕の人生において、こんなに喋る門と会った経験はないぞ。

今でこそ色んなのと話すのも慣れたけど、日本にいた頃ならトラウマクラスの体験だと思うし。

中から何が出てくるかも分からないおどろおどろしい門が話しかけてくるとか、もうね……。

「いや、初対面だと思いますが」

「さて……な。我も暇ではない。贄の不備は大目に見よう。近隣から調達して終いにしてやる。だが、深澄真よ、お前を帰すのもなしだ。契約は果たされなかったのだからな。罰を与えぬだけ感謝せよ」

生贄を好き勝手に持っていかれたら、充分な罰だ。

やらせるわけにはいかない。

「それは困ります。見過ごせません」

「……貴様、人の身で神を気軽に呼び出しておいて、己の不備ゆえの我の行いを妨げるというのか。儀式、契約、約定。心得ていよう」

神様だったのかよ。

サマルなんて初耳だよ。

どこの神話の神様なんだか。

とはいえ、地球以外の神話はそもそも知らないから、そっちなら聞くだけ無駄か。

「お互い出し合う商品について、交渉したいと思っただけです」

「帰還と生贄。明快ではないか。我を必要とした以上、条件付けを伴う世界間転移が決して容易ではない事ぐらいは承知であろう？　本来であれば一面砂漠の世界で針一本を探すより困難な、奇跡そのものぞ？」

「帰還についての情報が黒塗り同然でした。だったら、千人の生贄についても色々聞きたくなるじゃないですか」

「ならばそもそも儀式を行わなければよい。尋ねれば答えがあるなど、ヒトの社会ですら成り立たぬ甘い考えであろうが」

……う。

うーん。門の正論っぽい意見が辛い。

そりゃまあ、契約書を読み込む程度まではお互いの責任だと僕も思うよ。

でもさ、商品の仕様が一部真っ黒みたいになってるんじゃ、仕方ないじゃないか。

軍事機密満載の兵器の輸出ならともかく、世界間の転移……結構凄い技術か。

かといって、ブラックボックスで生贄千人を呑むのはちょっとなあ。

それに砂漠がどうとかなんて……分かりやすく不可能だって言ってくれるじゃないか。

「若、先方は話したくないようですぞ。まずは態度を改めてもらうが先決かと」

巴が口を挟んでくるが、刀抜いて言う台詞か、それ？

「若様。喋る門など相手にしても不毛です。なに、残骸《ざんがい》からでも若様の求める知識に至ってみせましょう」

識、それ破壊前提の発言……。

「従者の躾《しつけ》もなっていないか。まこと、愚かな……ん？　そうか、お前は」

サマルさんの不快そうな視線が巴、識と移ってから、何かに気付いた様子で僕に戻る。

なんだ？

「思い出した。前に召喚された時だ。とある女神の要請で確かそう、ヒューマン。ヒューマンという人間の出来損ないを二四、原初の世界に送る手伝いをした」

？

ヒューマンを二人？

原初の世界？

「お前はあの二人の子だな。覚えがある気配はそのせいだったか。ふん、なるほどな。あの女神の人形遊びも大概だが……」

――っ。

これまで以上に見下した視線が僕に注がれる。

あの二人の子？

父さんと母さんの事か？

おい、それって……。

「下衆《げす》な気性もまた伝わるのか。儀式を、約束事を後から調整して捻《ね》じ曲《ま》げようなど、まさに出来損ないの思考だ」

「……」

父さんと母さんが、世界を転移した時の事を知っている、のか。

それに、下衆、だと？

それは……僕だけに向けた言葉じゃないな？

って事は。

「歪んだ世界の住人の血を引いているなら、頭が足りないのも無理はないか。例の女神は結局、あの二人を最も過酷で転移成功率の低い原初の世界に送ろうとしていた。我も誰がどこへ転移しようどうでもよいから口も挟まなかったがな。神の要請は魂よりも効率が良いし。うむ、あの二人。己を生んだ世界を捨て、創造神に抗い、ただ己の考えを通す。実に〝らしい〟ヒューマンどもであった」

「……」

サマル——この門が僕の両親を悪く言っているのが伝わってくる。

もちろん、女神に対しても小馬鹿にしたような雰囲気だけど……それでも。

父さんと母さんを、こいつは。

「そうかそうか。あの時の女神の捨て台詞か。いつかお前達が得た大切なものをどうとかという。お前はつまり、実の親に捨てられるために生み育てられた駒だったか！」

「……っ、黙れ」

言葉が、漏れた。

「笑わせてくれる。こんな場所で女神の使いをやっている輩が、生贄を値切って我に縋るか。血を分けた親に捨てられておいて、それでもまだ会いたいと泣くか？　女々しいものだ」

……黙れ。

黙れ黙れ黙れ黙れ黙れ黙れ！

誰がお前に縋った。

聞きたい事があっただけだ。

父さんと母さんを悪く言うお前になんて、絶対に縋ったりはしない！

激しい怒りとともに、これまで何度か感じた独特な感覚が身を包んでいくのが分かる。

顔は熱く、頭と胸は急速に冷えていく感じ。

ああ、そうか。

僕って奴は。

家族への暴言をここまで我慢できない奴だったのか。

しばらく会ってない分、沸点も下がっているかもしれない。

でももう……こいつを、僕は……。

女神に対して感じて以来、経験のない――制御できない何かが、胸に宿るのが分かる。

「黙れと、言った」

「千人に、貴様も数えてほしいのか、愚かな生贄よ」

「数えてもらおうじゃないか。理由も語らず人の命を千も求める似非神《えせがみ》が、偉そうに」

もう面を見る事もなく、地面に向けて吐き捨てた。

女神クラスに許さん。

潰す。

残骸にしてもいいって、識も言っていた。

「……良かろう、従者ともども最初の贄となるがいい。我が階《きざはし》となれる事を誇りに思うがいい」

「巴、結界を」

「既に」

「違う。今張っているやつはいい。あいつが逃げられないように、気合入れといて。分かった？」

「……は、はい」

巴が若干、言葉に詰まりながらも応じてくれた。

よし。

絶対に逃がさない。

「識」

「はい!?」

どうして怯えた感じがするのかね。

「指輪のテストで適当に暴れていいよ。ただ、僕に巻き込まれないように気をつけてね」

まだまともに使えないのもあるとかなんとか言っている。

「〝に〟ですか？　ええと……〝を〟ではなくて？」

識は困惑しながら確認してきた。

「そうだけど？」

「わ、分かりました！」

出番は多分ないけどね。

僕がオマルを潰すから。

あ、サマルだっけ？

どっちでもいいや。

たかがオカルトデザインの門風情が。
僕を女神の使いと呼ぶのも大概なのに、父さんと母さんまで侮辱《ぶじょく》しやがって。
――門が開いた。
極彩色《ごくさいしき》のマーブル模様、目に優しくない変な空間が見える。
だからどうした。
構わず左手をかざす。
門を取り囲むように魔術で矢を作り出し、撃ち込む。
相手が大きいから、狙うまでもない。
当然、変な空間と門、両方に矢は命中した。
「でかい上に動けないのか？　偉そうな口を叩いた割りに……っと」
矢が返ってきた。
マーブル模様の空間に当たった分か。
ふうん、そういう能力か。
叩き込んだ矢の何本かは、あの変な空間に触れていないのに軌道が歪められていた。
門だし、僕でも想像できる範囲の特性だ。
ひょっとしたら、奴自身はあまり戦わないタイプなのかもしれない。
返ってきた矢を弾きながら、門の本体を観察する。
巴と識は別に心配はいらないだろう。

二人とも自衛は問題ないはずだ。

そして、そんな事は今はどうでもいい。

「頑丈な門だな」

「正気を疑うぞ、深澄真。貴様、本気で我と戦う気か」

傷一つない門の扉と枠。

「戦い？　まさか」

「ならば今の先制攻撃はなんのつもりだ」

「ああ、そういう意味じゃない。多分、お前とは戦いにならない。そう思っただけだ」

冷たく沈む思考が今は心地好い。

以前、巨人の魔将イオと戦った時みたいに、雑然としたモノが皆なくなっていく。

相手を見て、次の手を打ち、そして倒す。

「不遜《ふそん》。傲慢。お前そのものだな。実に愚かしい」

ん。サマルから何か出てきた。

魔物？

「自分じゃ戦う事もできないのか。愚かしいのはどっちなんだか」

ぞろぞろと門から出てくる異形の生き物。

だけど……どれも弱い。

荒野の魔物基準で上の下くらい。

数匹なら、荒野のトップレベルの冒険者――たとえばトア達のパーティでも問題なく対処できる強さだ。

まあ、門からは既に数十ほど湧いてきているので、普通の街ならこれで壊滅か。

ただしここは亜空で、いるのは冒険者ではなく僕ら。

全く普通の街じゃないから、意味のない仮定だ。

全部射殺す。

どこを射抜けば殺せるか、不思議と分かる。

楽勝だ、なんて思っていたら――

「……識か」

今いる分全てにヘッドショットする予定だったけど、突然そいつらがばたばた勝手に倒れていく。

すぐにその原因に気付いた。

「出すぎた真似とは思いましたが……」

「……いや」

識の指輪、十三階梯の能力による霧だ。

広域殲滅《こういきせんめつ》にも使える、ニブルヘイムの発動。手加減すれば衰弱状態に留められるけど、手加減しなければ、根こそぎ命を枯渇《こかつ》させる。

個体差はあるものの、魔物達は僕らに襲い掛かる前に例外なく絶命していった。

「少なくとも、我を呼ぶだけの力はあるか」

サマルの言葉にはまだ余裕があった。

ま、相変わらず魔物はぞろぞろ出てくるし、数で押す気でいるのかもしれない。

中には人型の、エルフやドワーフらしき亜人種族、武装した人間っぽいのもいる。

人間そのものは相当なレア種族みたいだから、ヒューマンに似た何かだと思うけど、それもどうでもいい事か。

向かってくるなら、識の霧――ニブルヘイムで死ねばいい。

越えてくるなら、矢をくれてやればいい。

実にシンプル、悩む余地もない。

いいね。

じゃあ、今度はよく狙ってと。

「弓？　これはまた、ただ一つ選ぶには不向きなものを持ち出す」

「……お前は本当に、僕の心を逆撫《さかな》でするのが上手い。女神並みだよ」

僕は手にした弓――アズサを構えたままサマルの言葉を聞いた。

本当に女神と戦う時のための演習でもしている気分になる。

少し静かにさせてやるかと、仮面部分を狙って集中。

そのまま、放った。

「っっ!!」

この世界に来てから少しずつ速くなっている僕の矢が、一瞬で仮面を撃ち抜いた。

筋力が速度に比例して向上しているわけではないんだけど、速くて困る事もない。むしろありがたい。

仮面はど真ん中に大きい穴が開いて破損した。

「だからさ、少しは静かにしろよ」

欠損を埋めるかのように急速に修復されていく仮面に話しかける。

ついでに何発か、枠にも矢を放つ。

全部、きっちりサマルを抉《えぐ》ったけど、どれもすぐに修復した。

動けないだけに、他は高い水準の能力を備えているんだろうか。

なら急所を探さないとなあ。

僕は一度アズサを下ろして界を展開、同時に集中も加えてサマルを観察する。

「……おお。面白い隠し球を持ってるじゃないか」

「滅べ」

その一言とともに、大きく開いた門から出てきたものに、僕は素直に感心した。

これはなかなか面白い。

「そりゃあ、世界を転々としているなら、そこら中から色々拾ってこられるよな。お前はそういうのが得意みたいだもんな」

出てきている魔物やらなんやらも、統一感ないしな。

不思議と怖くはない。

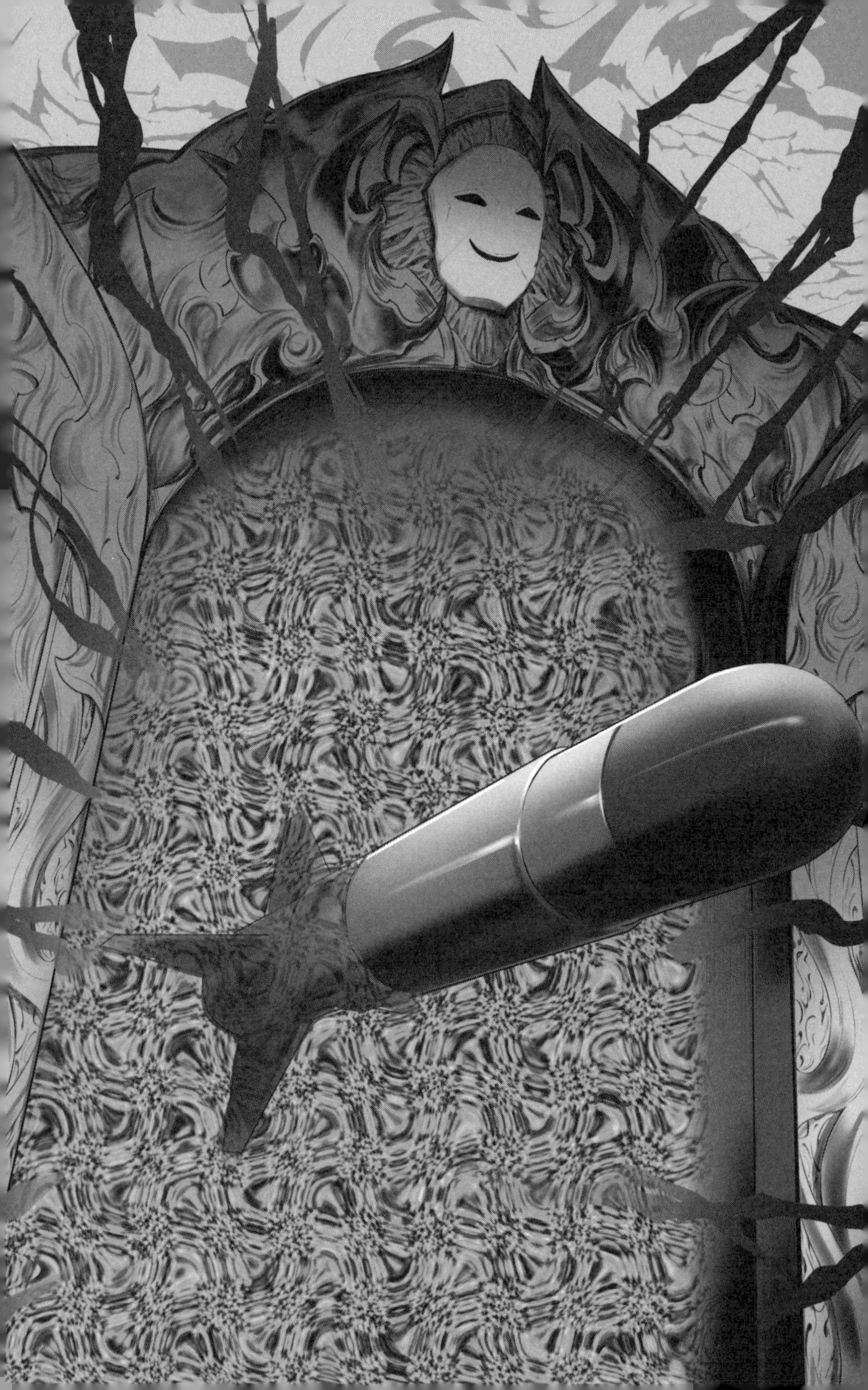

それが僕にとって脅威じゃないのが分かる。

ミサイルだと思う。

弾頭が何かまでは分からない。

でも何故か、確信できていた。

これは僕を殺せるものじゃない、と。

サマルの言葉と同時に、十数メートルという至近距離から僕に向けて、兵器としか認識できない巨大で白い物体が次々と大量に飛び出してきた。

当然、僕はどう止めようかと手段をいくつか考えるが——

「……今度は巴か」

「老婆心《ろうばしん》ながら、あまり傍観《ぼうかん》していられる代物ではないかと。お邪魔をして申し訳ありませんな」

「いや、いい」

巴の細工《さいく》に気付いて確認すると、あっさりと干渉を認めた。

突っ込んでくるミサイル数発が僕らをすり抜けてしばらく進むと、霞《かすみ》のように消えた。

魔族領で創《つく》った〝白銀の腕〟か魔力体で止めてやろうと思ったんだけどな。

依然、魔物達は続々とサマルから吐き出され、馬鹿みたいに死骸が折り重なって、ちょっとした山になっている。

それを乗り越えようとして絶命したり、乗り越えたもののこちらに向けて転がりながら絶命したりするモノも多数いた。

識のニブルヘイムと巴の有幻無実。

はあ……。

こんなものでおしまいか？

サマルが驚きの声を漏らす。

「貴様ら……まさか神格者か？」

「シンカクシャ？　知らないね、そんなの」

シンカクシャが何かは知らないけど、正直こいつを潰す事以外、今は全く興味が湧かない。

「ふっ、あり得んか。どれもこれも面白い技だが、一芸だけなら神域に達する技能を持つ者など腐る程存在する」

「――っ、若。周辺の空間に干渉が」

巴の言葉より早く、僕はそれに気付いていた。

門からだけじゃなく、それなりの細工を効かせて召喚ができるようだ。

主力の攻撃手段だけあるか。

発動前に気付かれていたら世話ないけどね。

「よく察知した。本来なら拝む事さえ難しい、名だたる武具の狂乱の舞だ。だが、今更気付いても全て手遅れというもの」

僕の背後に出現した一つを皮切りに、次々と周辺に現れてくる、意匠も様々な古今東西の武器。

それは、刃の竜ランサーと契約した竜殺しソフィアが僕にやってみせた光景によく似ていた。

「ははっ、ミサイルの方がよっぽどマシだな。今度はソフィアのパクリかよ……」

威力は違うかもしれない。

実はまるで違う術かもしれない。

だけど、その細部を僕が知る事もない。

「ミサイルさえかき消す貴様らであっても、達人の想念を宿した——!?」

勝ち誇ったようなサマルの声が、途中で詰まった。

「使い手のいない武器なんてさ、いくらあっても同じなんだよ。想念だかなんだか知らないけど、実在する達人一人の方が余程怖い。どんな性能、どんな伝説を誇る名品だろうと……相応《ふさわ》しい達人とセットでなければ、本来の価値はない。まだソフィアの方がマシだったたな」

二番煎じじゃあさらにね。

その数百八——いや、百十二か。

惜しい。煩悩《ぼんのう》の数と同じ、とはいかなかった。

大した数じゃない。残らず狙撃のイメージに取り込んだ。

アズサを持ち上げ、構える。

同時に、武具の群れが一斉に動き出す。

「失せろ」

『……っ』

巴と識が息を呑むのが分かった。

僕が百を少し超す程度の武器を全部破壊した後の事だ。

といっても、射たのは一回だけ。

狙い定めた的を、僕の手元から枝分かれした光条が貫いた。

おしまい。

「……我は神だぞ」

「それ、ハッタリだろ？　お前より強そうなの、神様以外でも何人か知ってるけど？」

「偽りなど言わぬ」

「じゃ、弱い神様もいるんだな」

見つけておいた急所候補が何箇所かある。

その一つ、門の底部の一部分を射抜いてみた。

「っ!?」

はは、治りが明らかに遅い。

当たりか。

じゃ、次だ。

「我は長き時を生き、意思を得て、そして神の格を得た。もう少しで、我はその先に――」

外枠、こちらから見て左肩部分内側七センチ二ミリ奥。

「残念だったね」

サマルの意識に痛みが広がるのを感じた。

確実にダメージになっているみたいだな。

どっちの破損も、明らかに他の箇所より修復の動きが遅い。

魔物も、妙な飛来物も湧いてくる速度が鈍《にぶ》った。

今まで通りでも識のニブルヘイムと僕の迎撃で完封しているから、鈍らなくても全く問題ないというのに、だ。

僕の位置だと残骸やら死骸やらでサマルの全貌が直接は見えないけど、そんな事にさして意味なんてない。

分かるならそれでいい。

仮面、右目上部突起。

「……何がおかしい。っぁ!?」

サマルの言葉が途中で止まる。

ここもか。

もしかして、候補にした場所は全部当たりか。

必殺の急所の類じゃないらしく、まだまだ大丈夫そうなのが面倒臭くもあるな。

「別に。おかしい事なんてない。ただ、お前が無様だなって。そのでかいなりから何をするのかと思えば、ただ門から色々出してくるだけなんだからな。しかも弱い」

門扉《もんぴ》左、取っ手上部金具。

門扉右、枠取り合い二箇所。

続けて射抜いた。

「つっ⁉　……ならばっ！　何故薄笑いを浮かべる！　戦いの最中に！」

「まだ勘違いしているのか？　最初に言っただろう？　これは戦いじゃない。単なる蹂躙だよ」

僕は笑っていたのか。

別に面白い事なんて何もなかったんだけどな。

「……巴、識。僕って笑ってた？」

「ええ、初めて見るご様子でしたが」

「私も、張り付いたような薄笑みを浮かべて弓を構える若様を見るのは……初めてです」

二人が少し困惑した様子で答えた。

「そっか。面白いどころか、怒っていただけなんだけど。気をつけるよ」

口元と目元を意識して、無表情を心がける。

無意識で……となると、癖なんだろうけど、変な癖だな。

気をつけよ。

案外、巴とか識が引いてるように見えたのはこれが原因だったかも。

怒ると笑顔になるとか、自分でも引くわ。

「無様で、弱いと言うか。優れた魔道具として生まれ！　数百年の時の後に意思を持ち！　世界を繋ぐ存在として魂を集め続け！　遂には神の格を得た我を！」

神の格。

神格。

ははぁ。

シンカクシャってのは、そういう事か。

神様との違いは分からないけど……ん？

って事は、こいつっていわゆる……。

「……なんだ。お前神様っていっても、ちょっと凄い付喪神《つくもがみ》か」

「なんだ、とはなんだ。貴様など、ただの人の子だろうが」

「そのただの人の子に負けそうだよね。ごめん、お前さ、僕の中だと神様じゃなくて妖怪枠。どっちかっていうと魔物的な」

「なんたる、侮辱を」

だってなあ。

付喪神っていったら、大抵は妖怪的な扱いじゃない？

僕の中ではあんまり神様って感じはしない。

でも、長く愛用した道具、粗末に扱われた道具に意思が宿るっていう根本の考え方は好きだから、道具は大事にしたいと思っている。

サマルとかいうコレも、もしかしたらそのどっちかの結果かもね。

こいつを大事にしたいとは全く思わないけど。

むしろ壊す。

「千人の魂なんて要求しているんだし、化け物で充分だろう？　化け物ってのもさ、言われ続けると意外と慣れるものだぞ。神様より堅苦しくないし、第一、似合ってるよ」

「許さん。絶対に許さん」

えらくご立腹のサマル。

「ははは、奇遇だね。そこ、僕も全く同じ気持ち」

仮面裏、顎部分輪郭から内に三ミリ。

「……馬鹿め」

声を上げる間もなく射抜かれておいて、まだ減らず口を叩く元気があるのか。

もうそこら中砕かれてボロボロなのに、よくもまあ。

「……まさか、そんな」

意外な方向からの驚きの言葉が聞こえた。

「どうした、巴？」

「ここは儂と若の空間。そして我々のどちらも許可しておらぬのに……退去など叶うわけが。奴の特性とでもいうのか？」

巴も僕も奴が亜空に留まるよう、空間への出入りを禁じている。

なのに、今の口ぶりだと、サマルは逃げるつもりでいるらしい。

「逃げる気か。減らず口じゃなくて、捨て台詞かよ」

「貴様などにやられるものか。いずれ我が相応しき地位を得た暁には、必ず、いの一番にこの世界を貴様らごと皆殺しにしてくれる」

「若、こやつ逃げます。結界が用を成さん！　空間への干渉を止められませぬ！」

珍しく巴の声に焦りが滲《にじ》んでいる。

空間操作に特化した神――に近い存在だからか。

神の格を持つ事の先に、まだ段階があるのかねえ。

サマルはそれが自分に相応しいと考えているみたいだし、あるんだろうなあ。

神だっていうなら、神の格を得る事と神になる事の間には何か違いがあるのかもしれない。

あいつ自身が言ったように、一芸だけなら神クラスの真似ができる奴はそれなりにいるんだから、
サマル自身が転移に関してそういうレベルに達していても、まあ不思議はない。

亜空に閉じ込めようとしているのに、無理を通されようとしているのもね。

それにしても、巴が焦って声を上ずらせるのはなかなかにレアだな。

ちょっと和んで、下らない雑音が心に混ざった。

――サマルを潰す今は邪魔で、いらないのに。

はぁ。

「場所も、記憶した。お前もお前の下僕も、お前の世界も、そして原初の世界に住むお前の家族も、いずれ必ず我が」

「絶対に逃がさない。そう決めてるんだよ」

コートの色を速度重視の赤に変化させて、地面を蹴る。

「⁉」

赤色のコートは、やっぱり速くていい。

死骸の山を越えて簡単にサマルを触れる場所まで来られた。

隠す必要もないし、魔力体を可視状態で展開して、挨拶代わりにサマルを殴ってみる。

手応えは普通にあった。

急所でもないから修復は早いけど、ダメージがないわけじゃない。

「その力、貴様が我を化け物と呼ぶか。お前こそが化け物だ」

「神だと喚《わめ》いた以上、人の子程度を相手にして逃げるなよ」

「その気味の悪い顔でそれ以上話すな、化け物よ」

「また笑ってた？　癖みたいだ、悪いな。……ん？」

サマルを掴んでいる感触が急激に希薄になった。

本当に逃げる気なのか。

あの変な空間を使って逃げるのかと思ったけど、考えてみたらそれはおかしい。

あれは門の扉を開けた場所にあるものなわけで、サマル自身がそこに入るとなると、あべこべだ。

門がサマルなんだから。

その門全体が少しずつ透明になっていく。

同時に、サマルの気配が薄れはじめる。

「僕だけじゃなく、身内や仲間、亜空にまで手を出すって言ってるお前を、見逃すと思っているのか？」


だとしたら、大馬鹿だ。

僕はもう多くの命を殺《あや》めている。

その報いが僕や、僕の周囲に及ぶ事は覚悟している。

でも、何もせずに報復その他を看過《かんか》しようとは、全く考えてない。

全力で抵抗して、全力で守ると決めたんだ。

もちろん今回も、だ。

「見逃さないとしても、打てる手があるとは限るまい。少なくとも、距離も時間も存在せぬ場所を住まいとする我を捕らえるような空間操作への造詣《ぞうけい》があるのなら！　そもそも我を呼ぶ必要もないであろう!?　ふっ、惜しいがこれまで。さらばだ！」

もうほとんど透明になって消えかかっていたサマルが、別れの言葉を口にした。

魔力体はもう、サマルの体を掴めない。

なら、界だ。

もうサマルから攻撃は来ない。

というか、消え去った。

空間に存在するサマルの痕跡を探し、見つける。

「逃がさないって、言ってるだろう」

サマルがいた場所に、空間の綻《ほころ》びがあるのが分かる。

傷口を縫《ぬ》った時みたいな、不格好な合わせ目だ。

既に端々から元に戻りつつあり、空間の修復が始まっているのが分かった。

ケリュネオンでマグマ運搬に使う予定だった〝白銀の腕〟を呼び出す。

イメージした通り、二つの腕が僕の両脇に出現した。

特に手入れをお願いしているわけではなかったけど、曇りのない輝きを湛《たた》えている。

「若、奴はもう」

巴は皆まで言わなかったが、サマルはこの亜空から離れたらしい。

「――だから手遅れだとは、思わない。まあ、見ててよ」

まだ大丈夫だと、僕も、僕の力もそう思っていた。

白銀の腕を空間の傷口に突っ込む。

裂け目に突っ込まれた手が、戻ろうとする空間の力に抗って、強引に引き裂こうと震える。

「まさか、奴の逃げた痕跡を」

「追う、のですか？」

巴と識がその光景から僕の行動を予測する。

珍しく二人とも慌てている。

はずれ。

どこかに行こうとしているあいつを追う気なんてない。

僕はサマルをこっちに、亜空に引きずり戻すだけだ。

ミリミリと少しずつ裂けていく空間の綻び。

言ったよな、サマル。

時間も距離も意味をなさない場所、とかって。

「……さあ、できるだろ？　どんな攻撃も握り潰す、僕はお前をそういうものとして創ったはずだ。本当に僕が〝創造〟をしたというなら、お前は閉じかけた空間くらい、引き裂ける」

腕が僕の意思を反映して一層強く、空間を不自然に裂いていく。

よし、修復する力より、白銀の腕が傷口を裂く力の方が強い。

「開け、た」

識が呆然としながら事実を口にした。

白銀の両腕は徐々に力を増し、どこかで空間の抵抗を圧倒したんだと思う。

一気に引き裂かれたその場所には、サマルの門の中の光景に似たマーブル模様の空間が展開されていた。

世界と世界の間って、こんな感じなのか。

サマルの言葉が確かなら、ここに落ちた人間はどこか別の世界に転移したり、そのまま朽ち果てたりする、そういう場所なんだろう。

霧を介して亜空と女神の世界を行き来する時には、見た事のない場所だ。

「っ。若は、あの者を追い、そして……故郷にお戻りになるのですかな。奴を従わせ、使えば不可能ではないはずですが」

唐突に、巴が妙な事を言った。

「……？　サマルを従わせる？　嫌だよ、あんな奴。従わせるってつまり、扱いに差をつけたとしても、巴達と系列的には同じ従者にするって事だろ？　そんなのお断りだ」

「しかし、故郷には……想いもおありでしょう？」

「どうしたんだ、巴？　確かに日本には帰りたい。でも……今の僕にはお前達がいる。亜空の皆もだ。日本に帰れても、ここに戻って来られないなら、そんな選択にはまるで意味がない。虫《女神》にちょっかいをかけられ続けるのも鬱陶《うっとう》しいし、言ってやりたい事も山ほどある」

「若……」

「女神の事を全部片付けて、その上で僕はいつか絶対に日本に帰る。だけど、お前達とはずっと一緒だ。少なくとも、望んでくれる限りは、ずっと。だから今は、たとえ可能でも帰らない」

『……』

それなりに良い事を言った気がするのに、二人とも無反応だとちょっと恥ずかしい。

巴の奴、さっきといい今といい、和《なご》ませるなってのに。

サマルに対しても、なんというかムカつくのにさっきまでみたいな心地好い感じにならない。

サマルを潰す、壊す、殺す。

その明確な目的のために他の全部が頭の中から消えていってくれていた、シンプルで心地好い精神状態が遠のいてしまった。

ただ多少腹立たしいだけで、損した気分だ。

何故か体の内から伝わってくる、僕にできるはずの事をその確信のまま実行していくすっきりした気分も、今はもうない。

なんていうか、いつもの自分に戻っている。

……あれ?

というか、僕はなんでサマルを潰したかったんだっけ?

ん……そうだ。

父さんと母さんを侮辱されたんだ。

だから怒っていたんだな。

目的を忘れるなんて、どうかしていた。

「……では、これからどうされるのでしょうか?」

フリーズから先に回復したのは識だった。

「簡単だよ。サマルをここから引きずり出す」

ただ、僕がこれからやる事はあんまり変わらない。

「ど、どうやって?」

「こう! やる!」

僕は大きく開いたマーブルな空間に、直接手を突っ込んだ。

「わ、若! なにを!?」

「空間の裂け目に手を!?」

そんなに驚く事か？

ついさっきまで僕が散々射抜いた相手だし、特に疑うでもなく、こうすればいいって思えたんだけどなあ。

ほら。

「いた。なんだ、やっぱできるじゃないか」

「いたって……」

「若が手を突っ込んでいるのは……完全に相手の、それも未知の領域ですぞ？」

「サマルゥ……逃がさないって――」

手応えあり。

フィッシュオンだ。

右手だけ突っ込んでいたけど、左手も突き入れて、サマルの扉――その取っ手のどちらかを掴んだ。

で、こっち側に引きずり出してやるべく、全力で引っ張る。

「言っただろうがーー!!」

マーブル空間からボロボロの門が出てきて……力任せにやったからか、手を離した瞬間、勢いのままに空を飛んだ。

ギャグ漫画の一本背負いとか、たまにこんな感じで飛ぶよね。

「つっ!!　いきなり手が、何が、何が……お前、深澄真！」

「おかえり、サマル」

もう開いておく必要がなくなった空間の裂け目は、一瞬で閉じた。

つまり、白銀の腕が空いたって事だ。

思い通りに動かせるもう一対の腕が。

サマルはお空の旅をしているから、魔力体じゃあ僕もそこまで行かないと手が出せない。

でもこの腕なら……やれる。

「貴様はー！」

サマルの門が全開になった。

そこから、ちょっと前のルトのブレスを思わせる太い光条が何本か僕に放たれる。

苦し紛れの反撃すらパクリ、しかも最後も劣化版か。

僕は実体化させた魔力体で光を全部受け止める。

負傷するどころか、魔力体を再構成する必要もなかった。

「威力は完全なまま、無詠唱と同じ状況だぞ⁉　全て初見のはずだ。お前に見せた攻撃は、今はなき世界の技と術の！　粋《すい》なのだぞ⁉」

「無詠唱は慣れているし、似たようなのはほとんど経験済み。妖怪枠どころか、再生怪人枠だな、お前」

「既に転移状態にある者を空間から引きずり出すなど、ありえん、ありえん！」

「さて。ただ殴るだけ、じゃあ可哀想だから……白銀の腕のラッシュ……いや命名、白銀ラッシュだな」

「若、そのセンスは……」

「若様、ただ殴るだけ、の方が幾分《いくぶん》奴も救われるかと」

巴と識が苦笑している。

「じゃ、白銀ラッシュで最適だ。いけ！　タコ殴れ！　ついでに抉れ！」

テンション上げても、巴が和ませる前ほど良い感じにならないな、あーあ。

サマルを追って二つの腕が空を飛び上がっていった。

そして標的を捉えると、即座に殴りはじめた。

急所とかは特に関係なく、手数重視でひたすら殴っていく。

奴が修復する分、終わりは相当先だろうな。

まあ、もう少し早めるけど。

「ついでに、っと」

「……今度は何を？」

何故か相当引いた識が、僕に尋ねてきた。

巴はひくついた様子で空を見上げている。

「え、撲殺《ぼくさつ》だけじゃ温《ぬる》いから、射殺の要素も混ぜようと思ってさ」

「……手にされている指輪はドラウプニルですよね？　エマと長老から渡された廃棄予定の」

僕の魔力を限界まで吸った、使用済みのドラウプニル。

「うん。指輪を交ぜたブリッドってさ、僕は実際の威力をまともに見てなかったんだよね。良い機会だろ？」

「確かに、なかなか頑丈な相手ではあります」

「だよね。識、エマの所に行って、もっと廃棄予定のやつもらってきて？」

「は、はい」

とりあえず、手持ちの数十個をまとめて掌《てのひら》の上に出す。

威力と精度も最優先に改良したブリッドを、同じ数だけ僕の周囲に展開。

皆からは〝もうそれはブリッドじゃない〟と言われた可哀想な術だけど、僕は気に入っている。

はじめは球状で現れたブリッドは、後ろから引き絞られるように矢の形状をとっていく。

やがて充分に鋭くなり、次に捻れて螺旋状《らせんじょう》に変わる。

うん。

待機状態になった事を確認し、狙いをサマルに定めつつ、指輪を一個ずつ中に入れた。

「まずは一個から。構えー、撃てーってね」

全弾発射。

殴られ続けるサマルに着弾、爆発。

おお。

結構威力上がるな。

あ、ちなみにその間も腕は休まずサマルをタコ殴り中。

まだ原形があるから、奴の頑丈さと修復能力はなかなかのものだ。

「若様、持って参りました」

識が大きめの洒落た宝石箱を抱えて持ってきた。

中には、真っ赤な指輪が一杯。

「弾の準備は充分、と」

用意する間も、サマルに絶え間なくブリッドのガトリング形態を浴びせ続ける。

「さあ、今度は二つ交ぜてみるか」

わざと急所を狙わずに、修復能力を存分に発揮させたまま――

僕の蹂躙は続いた。

◇◆◇◆◇

「儂はな、若をからかうのは程々にしようと心底思った。正直、先ほどのは肝《きも》が冷えた」

「まだ程々にからかおうと思ってらっしゃるのが凄いです、巴殿」

静かな草原で、巴と識が死骸の山を前に話をしていた。

「上で殴り続け、下からは撃ち続ける。まあアズサが汚れるからと、弓はあの後使っておられなかったが」

「サマルは結局、落ちてくる事さえできませんでしたね」

「何度か、門からの召喚をしようとした節はあったな。成功したか失敗したかは分からんが、状況が微塵も変わらんかったのは確かじゃ。高度に関しては、落下どころか上昇気味じゃったように思う」

「物言いはともかく、サマルからは確かに上位精霊やルト殿を凌《しの》ぐ強大な力を感じたのですが、あれは私の勘違いでしょうか」

識が、少し自信なさそうに問いかけた。

「儂も感じておったよ。儂とお前で相手をするなら、絶対に勝つ事はできぬな」

「この亜空で巴殿を無視して無理に帰るなどという真似をされては、流石に追いようがありませんから。出してくるものがあの程度なら、負けもなかったと思いますが」

識が真の戦い――いや、蹂躙を振り返る。

サマルの攻撃手段である門からの召喚の内容は、識から見ても対処可能と映っていた。

十三階梯を使いこなしはじめている彼は、充分戦えると感じていたのだ。

「ミサイルだけは肝が冷えたがな。消したからともかく、あれはまともに受けようと思ったらコトじゃや。若は受けられると踏んでおられたが、儂とお前にはちときつい」

「ミサイル……巴殿が幻に変えたアレですか。若様にはどこか楽しそうな様子も見受けられましたね」

「若のいた世界の兵器と似ていたからの。その姿に懐かしさを感じたのかもしれぬ」

「巴殿が警戒されるほどの威力でしたか」

「面倒な弾頭じゃった。あちらには手加減する必要など一切なかったんじゃから、当然じゃがな」

巴がちらりと地面の一画を見た。

そこには一般家庭の玄関扉が一つ、転がっていた。

サマル――だったものだ。

「最早、見る影もありませんね」

「付喪神。長く使われた道具に意思が宿り、変質したもの……か。若の受け売りそのままじゃが、不思議な存在じゃの。儂も知らんかった」

「この世界では存在しないものでしょうね。私も聞いた事がありません」

真の蹂躙が終わった後、既に扉の原形を失っていたサマルは、白銀の両腕によって大地にエスコートされた。

あのまま滅ぼされるのだろうと思っていた巴と識は、真が攻撃を止めてサマルに近付く理由が分からず、訝《いぶか》しんだ。

そして、なかなか見る事のない真の厳しい一面を見たのだった。

真はサマルに言った。

――殺したらそれでお終いだし、お前は楽になるだけだ。だからやめた、と。

「お前が頑張ってきた長い時間の成果、それでいいや……でしたか」

「ああ。契約で魂を得て己の存在を高めてきたこやつから力を根こそぎ抉り取るなど、存外若は器用じゃった」

「結局ただの魔道具に逆戻り——いや、最初から意思が備わっている分、再度付喪神？　に至るまでの時間は多少短くなりますか」

「かもしれぬし、そうならぬかもしれぬ。それにしても哀れじゃなあ。外に伝えられぬ意思など、拷問に近いぞ。南無」

巴が扉に向けて合掌した。

弔《とむら》いの意を感じたか、識もそれに倣う。

わずかな沈黙が草原に訪れた。

「明日にも私の研究室に運び込みましょう。これらの死骸も始末しないといけませんね」

物を考える事はできても、それを口にする事はできない魔道具となり、さらに一晩野晒しにされると決まったサマル。

ついでに、翌日からは識のもとで実験体としての日々がスタートである。

目も当てられないとは、まさしく今の彼の事だろう。

「何かに使えるものもあるかもしれぬ。人手は幅広い種族から募《つの》るか」

「はい」

人に魔物に武具の骸《むくろ》。

夜の闇の中、累々《るいるい》と転がるそれらに向けられる二人の目は冷たい。

「では、儂らも戻るかの。澪の茶碗蒸しが冷める」

「そうでしたね。……巴殿」

背を向ける巴に、識が少し間を置いて声をかけた。

「なんじゃ」

「良かったですね、若様はあくまで亜空と我々と、一緒にいたいと思っていてくださった」

「……うむ」

「正直、私はサマルの出方次第では若様が向こうの世界にお帰りになり、そして……」

識が言いかけた言葉を、巴が継ぐ。

「戻らぬかもしれぬと？」

「ええ」

「馬鹿者が」

「申し訳ありません」

「ああ、本当に馬鹿者じゃ。戻るぞ」

軽く頭を下げる識。

巴が霧の門を開く。

「じゃが、それは儂もじゃな……」

そんな微かな巴の声が、識の耳に届いた。

顔を上げた時にはもう、先輩従者の姿はなく……。

識はその言葉の意図を確かめようとも思わなかった。

ただ柔らかな笑みを浮かべて彼女の後を追う。

巴と識は安堵とともに屋敷に戻った。

――真は今すぐ日本に帰るつもりはない。

――怒りで笑みを浮かべた彼は危険。

帰還の術式よりも大事な事を知り得た二人にとって、今日という日は価値あるものだった。

6

——カッとなってやった、でも後悔はしていない。

新聞や週刊誌で定期的に見るような台詞だけど、自分の行動についてそう思う日が来るとは、異世界に来るまで考えもしなかった。

今振り返ると、先日召喚したサマルは他の対処の方が有益だったかもしれない。

損得で考えれば、僕は損な選択をした。

サマルは元の道具の姿になって、識のラボにいる——というか、ある。

本人と同等に彼の能力を活用するには相当の研究が必要で、それには人手も時間も取られてしまう。

結果的には、日本に帰る手っ取り早い手段を手に入れ損なった事になる。

「……んだけど、やっぱりなあ」

仕事部屋から外を見つつ、独り言がこぼれた。

やっぱり僕は、後悔してない。

帰れるものなら日本に帰りたい。

こんな糞な世界に長居なんてしたくない。

それは事実だ。

だけど亜空の皆を放ってまでそうしたいかと言われれば、答えはノーだ。女神との因縁《いんねん》だってなんのケリもついてない。

家族を貶《おとし》められて、それを堪えてまで帰りたいかと言われても、ノーだ。

帰郷を望んではいるんだけど、多分あんまり切羽詰《せっぱつま》っていないんだろうな……僕は。

「それに、こっちの振舞いやら商慣習やらも、なんだかんだで身についてきてる。糞な世界、か……」

力関係としてこちらが上になるだろうって計算から、初見の相手を呼びつけてみたり……。

いや、サマルの件は一旦置いておこう。

そう！　亜空やツィーゲみたいに居心地のいい場所もある。

最初は空っぽの棚が並んでいたこの部屋も、いつの間にか、亜空の皆からもらった色んな物が飾られている。お世話になっているツィーゲのレンブラントさんやロッツガルドのザラ代表、それに講師仲間から推薦された本も片っ端から買っていたから、今じゃ手狭なくらいだ。

だからあの女神が支配する世界でも、全部が嫌って事でもないんだよな。

全体の……五分くらいは気に入っている部分もある。

五割じゃなくて五分だから、ほぼ嫌いなのは動かないけど。

「ふぅ。そういや、日本はそろそろ梅の季節か。それが過ぎれば次は桜。花見で騒ぐなんて、巴が喜びそうなイベントだ」

菜の花に、梅、それから桜。

日本にいた頃は三月になると毎年見て回ったものだ。

春の花見は、やっぱり桜がメインだと僕は思う。

でも、大抵の桜の名所はその時期には屋台が立ち並んでお祭り状態になる。

だから花見を思い出すと、視覚的には満開の桜が浮かぶものの、嗅覚的には桜の花じゃなくて主に粉物や串物、揚げ物の食欲を刺激する匂いと、アルコール臭が蘇る。

休日や夜なんかは特に。

花見かあ。

桜なら亜空にもある。

適当に見て回った感じだと、山桜が多い。

枝垂桜《しだれざくら》とか見慣れているソメイヨシノなんかはなかった。

果物やら野菜やらに関しては、明らかに野生種じゃないようなものまで自生している亜空だけど、桜については園芸種を見てない。

僕個人としては、山桜——それも葉桜の状態が一番好きなんだけど、見応えで言えば、やっぱりソメイヨシノのウケが一番良さそうだ。

亜空で桜の花見として企画するなら、最初はピンクで満開のあれがいい。

存在する可能性はゼロじゃないんだし、探してみるのも悪くない。

ただ、鑑賞するために植えてあるわけではないからなあ。

花見ができるような場所で桜が多く咲いている土地か。

あるか？

山の事なら山の動物に聞けば分かるか。

よし、善は急げだ、探しに行こう。

「近場の裏山に良い場所があればいいんだけ……え？」

言いかけた僕だったが、突然やって来た思わぬ感覚に言葉を失う。

亜空が、広がった？

僕はまだ何もしていない。

ただ、亜空の拡大は僕の魔力に反応して、その前後で発生する事が多い。特に僕が寝ている間が多かった。

となると今回は……サマル戦？

結構魔力を使った上に、腕の召喚も試した。

少しばかり怒りもしたし……魔力に関する事もそれ以外でも、思い当たる節がそれなりにある。

「でも、少し妙だな。随分と小規模な気がする」

これまでの拡大は、ドンと広がる感じだった。

実際、亜空で僕らが使っている土地は、荒野におけるベースのそれに近い。つまり、ほとんどの土地は未使用状態の原野だ。

住人も大小合わせて千を超えているとはいえ、海に住んでいる種族だっているわけで。

大体の感覚だけど、今の亜空の広さは、女神の世界の地図で分かっている部分と、ほぼ同じくらいだ。

だけど、国どころか街が二つと村がいくつかある程度で、完全に持て余している。

最初は箱庭の中に小さな街を作っている気分だったのに、気付いたら箱庭はどこぞのサバンナに変わっていた――そんな感じだ。

でも今回の拡大は、これまでの広大な亜空を作ってきたものとは少し違う気がする。

界を使って、広がった地域を調べる。

当然、新たにできた土地は亜空の端っこにあるはずだから、範囲は全体。

広すぎて詳細を調査するのは無理だ。今は山か谷か平野か川か湖か海か、その程度の事が分かればいい。

これまでの感覚からの予想だと、百キロ四方にも満たない、限定的な拡大だろう。

そうなると異例なほど小規模なものだ。

「……おい、嘘だろ？」

調査を始めて早々に、とんでもないものを見つけた。

自分の顔がひくつくのが分かる。

亜空は大概とんでもな所だけど、流石にすぐには信じられない。

ある意味、海ができた時と同じか、それ以上の驚きを感じていた。

あ、海の時と同じじって事は……。

一つの可能性が頭に浮かんだ。

「若ーー!!」

ちょうどその時、巴がノックもせずに部屋に飛び込んできた。

……窓から。

あー、そりゃ、ノックはできないな。

ともかく、凄いテンションなのは間違いない。

「巴、ちゃんと入口から部屋に入ってくれよ……心臓に悪い」

「廊下を走る手間が惜しいのですよ！　今の、今、亜空にですな！」

「落ち着けって。分かってるから、多分」

「わ、若はどうしてそんなに落ち着いていらっしゃるか!?　一大事ですぞ!?」

巴は面白いほど取り乱している。

おそらく誰よりも亜空を知っていて、元々空間魔術にも深い知識がある彼女だからこそ、こうなっているんだろうと思う。

「なんていうか、驚きすぎて一周したところに、僕以上に取り乱した人が来たからな。こう、ストンと。海も大概だったし」

それに、思い当たる事があったのも大きい。

「海の時はまだ、一応、理解できる部分も辛うじてありました！　ですが今回は、これは絶対にありえないのです！　この亜空の生成が、儂と若で成されたとするならば、絶対に!!」

「まあ、そうだろうけど。あのさ、巴。理解できる現象かどうかは別にして、僕や巴が全く関わらなくても亜空は変化する事があるってのは、海の時に分かったでしょ？」

「それは、あの異界の神々の奇跡で、まあ」

「多分さ、今回もそれなんじゃない？　あの時、大黒天様はまだ何かあるような事を仰ってたし」

「若……ですが」

「すぐに調査に行こう。でも、起こった事はもう可能性云々じゃなくて、起きた事として受け入れなきゃ。僕はね、世の中には考えるだけ無駄な物事もあるって、最近分かった気がするんだよね」

大体、合理性とか確率とかで考えていたら、生きるのが辛くなりそうだっての。

僕の場合、ケチのつきはじめになる〝異世界に来る確率〟の時点で、既に小数点の後に何個ゼロが並ぶのやら。

「……悟りの境地、ですかな？」

巴が感心したような、それでいて心配したような、微妙な表情で僕をまじまじと見つめてきた。

断じて違う。

「いや、諦めの境地だね。人生、色々起こる時期ってのがあるんだなって、割り切った。僕は理不尽さやその他諸々を諦める事にした。ただし前向きに」

「諦め……。前向きに諦めるというのはまた、素晴らしい処世術ですな。ふむ」

「何を納得しているかは追及しないけどさ、調査、巴は行くだろ？」

「もちろん、お供しますぞ。何せそこには――」

「ああ」

「人工物がありますからな」

「人工物があるからな」

巴と僕の声が重なった。

◇◆◇◆◇

結局、調査に向かう事になったのは、僕と巴の他に澪と識――従者全員だった。

桜探しに裏山に行く予定が、三十分ほど転移を繰り返す長旅に早変わり。

拡大でできた土地があまり調査を進めていない方向だったのもあり、一番転移が苦手な識に合わせて距離を抑えた安全な転移を繰り返したので、これだけ時間が掛かった。

僕――というか、識以外の三人にとってはピクニックみたいな感覚で間違いないけど、彼にはかなりの強行軍だったようだ。

一応、その土地と目的の人工物が視界に入った今は、彼の回復を兼ねて歩いて目的地を目指している。

土気色《つちけいろ》の顔でヒューヒュー息をしながら歩く識に、巴が呆れた目を向ける。

「相変わらず、転移が苦手じゃな、お前は」

「あれだけゆっくり移動したのに、なんて様《ざま》です」

澪も、フォローしないどころか追撃を加えている。

この二人は息一つ乱れていないし、苦痛も感じてないみたいだからなあ。

実のところ僕もそっちなので、ただ一人、識だけがかなり疲れている。

僕が魔力を送って回復を早めても、まだ辛そうだ。

「申し訳、ありません。久々に、長距離の転移を、繰り返しましたので……不覚を、取りました」

亜空と外の行き来ができるようになって以来、識はあまり長距離転移を使っていない。

亜空を介して、外に作った転移ポイントに飛ぶ方法を使用している。

そっちの方が楽だからだ。

基本的には僕も、彼と同じようにしている。

識は元々転移があまり得意じゃないのもあって、不便を感じない程度に使えるようになってからは、長距離転移の練習はそれほどしてないと言っていた。

以前、指輪にそんな能力を付与したらどうかと聞いたら、指輪の能力は創造するものじゃなくて既にあるもので、無理らしい。ブランクリングはなく、しかも転移に関する能力を持った指輪もないんだとか。

多様な力を発揮できる識の能力にも、意外な落とし穴があったものだと思った。てっきり彼が自由に十三の能力を設定しているのかと思ってた。

「歩くのも辛いなら、少し休憩してもいいよ？」

「いえ、大丈夫、です。魔力も、頂いて、おりますから、じきに、回復、します」

「そう。参考までに聞きたいんだけど、今はどんな感じの疲れがあるの？」

辛そうだとは思いつつも、足取りは一応大丈夫そうだったから、好奇心に負けて聞いてみた。

ま、識の目もこの先にあるモノへの好奇心で爛々としているし、許してくれるだろう。

好奇心は偉大だ。

遠いって言ったのに、行くって聞かなかったからなあ、識。

「たと、えるなら……三十分、全力疾走、でも、したような感じです」

「あ、ああ……そっか」

死ぬって。

三十分も全力疾走なんて想像できない。

というか、空間転移って、肉体的な疲労が伴ったっけ？　これまで転移して息が乱れた覚えがないんだけど。

「何を若様に疲れた自慢してるんですか、お前は。馬鹿ですか」

僕らの会話を聞いていた澪が、識を小突く。

「いや、澪。聞いたのは僕だから」

「いいえ、若様。識のペースに合わせてゆっくり移動したのに、当の本人が息を荒くして、その上自慢など……お馬鹿の極みですわ」

そもそも、識は自慢もしてないし。

呼吸が乱れて、顔色がちょっとあれなだけだ。

「そ、そういえば、澪。空間転移の術って体にもきつい疲労感なんてあるの？　初耳なんだけど」

話題を変えて識から矛先《ほこさき》を逸らす。

「えっと……私は特にそういう経験はございません。上手に使えば大丈夫、という感じでは？」

感じって。

澪は魔術を直感的に使えるから、あまり参考にはできないか。

少なくとも疲労は感じた事ないと。

彼女の場合、体力も凄まじいから余計になあ。

と、感心していると、巴が会話に入ってきた。

「……適当な事を若に教えるでない。若、空間転移系の魔術は通常、距離に応じて相応の魔力と体力を消耗します。亜空への転移、亜空からの転移はまた事情が少し違いますがな」

「そうなんだ。僕は特に感じた事ないんだけど」

「え!?　えーー……」

あ、識が物凄く絶望的な顔で僕を見ている。

えー、が長い。

尾を引いているのが見えるようだ。

「若は元々体力がおありな上に、馬鹿げた身体強化を常にやってますから、他人を参考にしても意味がないでしょうな」

「馬鹿げたって……」

随分酷い言い草じゃないか、巴。

「残念ながら、事実ですぞ。空間転移クラスの魔術を他人に教授する事などないと思いますが、その折には、何冊か関連書物で常識を学ばれてからの方がよろしいかと」

「……そうする。ありがと」

なんだろう。

識のフォローをしようと思って話題を変えたら、何故か僕がヘコんだ。

「転移陣などは魔力の消耗と体力の消耗、両方を軽減して実用的な範囲に収めるためのものですな。澪が言ったような、上手に使えばというのは論外ですが、体力の消耗だけなら身体強化で軽減する事も可能ですぞ」

「なんだ、じゃあ識もそうすればいいじゃん」

「若、識は指輪を四つほど使ってその様なのです。のう、識？」

「……」

識は巴の言葉に応じる様子もなくうなだれて、トボトボ歩いている。

見れば、確かに彼の指には、戦闘時に基本的に使っている能力強化の指輪があった。

いつの間に。

そこまでして全力疾走三十分って一体……。

「ま、これに懲《こ》りたら一番苦手だかなんだが知らぬが、転移も鍛えておく事じゃな。従者が主に気を遣わせてどうする。後はほれ、筋トレじゃ、筋トレ！」

……。

いや、巴はその言葉を己に向けてあと何十回か言ってみろと。

この前なんかお前、飛鳥京《あすかきょう》がどこにあったのかとか、もう武士とか関係ない上に歴史学とか考古学のレベルが高校クラスを超越した質問してきやがったくせに。

そんなの分かりませんよ。

奈良のどこかじゃないんですかと言いたい。

平城京以前は遷都《せんと》も多かったようだし、下手したら飛鳥時代に何回か遷都した都の複数が飛鳥京って名前でもおかしくないんじゃないか、あの辺り。

日本の歴史をどこまで遡る気なんだ。

恐るべし、江戸愛。

僕でもそこまで遡ってないし、詳しくもない。

江戸時代以前については多分人並み以下だろう。

なのに巴は、よりにもよって、面倒臭そうな戦国時代のマイナーどころとか、南北朝時代とかにまで興味を持っている始末。その頃は焼き討ちとかも多かっただろうし、一次史料の紛失も凄かった——つまり、日本史でもかなりの暗黒時代っぷりじゃないかと。

僕程度の知識だと、世紀末とかヒャッハーな匂いがする。

「若?」

「ん？　悪い、考え事してた」

「それは、お邪魔をしました。やはり、あの建物の事ですかな？」

つい思考が脱線して上《うわ》の空《そら》になっていたが、巴は総じて上機嫌だ。

亜空に突然出現した人工物の正体を目にしてからは特に。

それは複数の建物だった。

僕も姿は視認した。

界で詳細な配置も把握済みだ。

魔力での感知をしようとすると、あそこは何も感じられない空白の地帯としてしか捉えられない。

だけど肉眼で見たり、界を使用したりしてみると、確かに存在する。

特殊な結界でも張られているのかもしれない。

また、そうであってもおかしくない所だ。

「うん、それもある」

「若様、よろしいですか？　先ほどから気になっていたのですけど、あれはなんなんでしょう？」

澪がまっすぐ先を指さす。

彼女が指しているのは、僕らの数キロ先にある建物じゃない。その手前にあるもの——僕にとっては見慣れた〝門〟だった。

サマル繋がりって事はないんだろうけどさ。

昔訪れた平安神宮を思い出させる巨大な鳥居。

そう、見間違えるまでもないこの形状は、確かに鳥居だ。

そこから森の中に道が続いている。

「あれは鳥居だよ、澪」

「トリイ?」

「やはり! あれが鳥居ですか、若! ううう、実物をこの目にするのは初めてじゃ!」

澪は一瞬しまった、って顔をしたけど、時既に遅し。

見事に巴に捕まってしまった。

「よいか澪、あれは神の住まいへの門じゃ。真ん中を通ってはいかんのじゃぞ、それからな——」

巴が興奮気味に澪に色々と作法を教えている。

鳥居のくぐり方やら、手水《ちょうず》の使い方、参拝方法など、何故か一般的な方法とは違う出雲大社の方まで解説しはじめた。

普通は二礼二拍一礼だけでいいだろうに、あれじゃ混乱するだけだ。

そこまで説明するなら、四拍じゃなくて大祭でも通用する八拍の方も教えてあげればいいのに。

まあ日本人ならともかく澪が知っているわけがないし、知っていても後々役立つとは断言できない。

鳥居に着いたら、僕からも澪と識に簡単に参拝について教えておこう。

「やはり、若様が仰っていたもので間違いなさそうですか」

ようやく回復した識の問いに、僕は頷く。

「みたいだ。まだ遠いけど、鳥居があるって事は、あそこからが参道なんだろうね」

「サンドウ、ですか」

「あ、ごめん、識。簡単に言えば、ここから――」

流石にここに門前町とかはないみたいだ。

本当に簡単に、浅く伝えればいいか。

詳しく知りたかったら巴の生贄に――じゃなくて、生徒になって教えてもらえばいいし。

「神社の影響下にある場所に入るって事。ま、神殿にたとえるなら、神殿に続く、お祈りに行くための道って感じに捉えればいいんじゃないかな」

「神殿……神社とはやはりそういった目的の建物なのですね。この亜空に神の存在とは、あまり良い感じはしませんが……」

「例外はあるけど、物凄く大らかな神殿だと思っておけばいいよ。何が待っているかは、行ってみてのお楽しみだ。だけど、そこまで気を張る必要は、多分ないんじゃないかな」

「大らかな神殿、という言葉が既に矛盾しているように思えまして。……大らかですか、大らかな神殿。まるで〝若様のような一般人〟と言われているのと同じくらいに難解な……」

僕の伝えたイメージで、識がさらに混乱したみたいだ。

良い感じだと思ったのに、そんなに分かりにくかったかな。

まあ、僕みたいなどうのこうのを含めて、識は少し放置しておこう。

そう、亜空に出現した人工物の正体は……神社だった。多分だけど、大黒天様達が言い残していった〝もう一つの贈り物〟で、間違いないと思う。

神様からの贈り物が神社って、当たっていたらかなりシュールな気がする。

それも、広大な敷地に複数の建物を含むかなりの代物で、森に阻《はば》まれて全貌は見えない。

正直、界で把握してなお、よく分からないものもあって、実際見て回らないとどうなっているのかはさっぱりだ。

朱塗《しゅぬ》りではく、多分石でできていると思われる巨大な鳥居へと僕らは進んでいった。

「やっぱり、一人みたいだな」

「若でも他に気配を感じ取れないとなると、間違いありませんな。しかし、このような広大な敷地に一人とは、儂の知る神社を思えば考え難いんじゃが……」

巴が何やら考え込んでいる。

今のところ、神社の敷地に入った僕らにおかしな事は起きてない。

ただ、このだだっ広い場所に、どうやら人は一人しかいない事が分かった。

動いている様子はない。

こちらを待っているのか。

「神域にしては、妙な感じです」

澪は不思議がって周囲を見渡しながらついてくる。

識も似たようなもので、何やらブツブツ言っている。

「女神の神殿とは全く違います。これも神域だというなら、神とは一体……」

答えの得られなさそうな考えに嵌《はま》っているのが、澪とはちょっと違っていた。

それにしても。

澪にならって周囲を観察する。

背の高い木々が立ち並んでいる。

どれも見上げるほど高い。

玉砂利の道、広がる森。

作り上げられた雰囲気は静かで、厳《おごそ》かで、なのに居心地がいい。

作ったのが本当の神様だからなのかねえ。

神話の森とか、神代の森って言葉が合いそうな場所だ。

「まさに神社に相応しい。これだけ広いなら、神宮とか大社とかの方が似合うかもね」

「それほどですか。これは社の方にも期待できますなあ」

巴が目を輝かせている。

心なしか鼻息も荒い。

僕としては、奥で待っている人が〝いつ〟からここにいるのか、の方が気になるんだけど。

場所を考えると、神主様か。

でもこれ、大黒天様のお土産《みやげ》だか贈り物だったはずだ。なら、神社よりも日本風のお寺か寺院が妥当なんじゃないかとも思う。

落ち葉一つない石段を登っていく。

手入れはしっかりされているらしい。

この広さの管理を一人でやっていると想像すると、苦行以外の何ものでもないけど、そこは多分魔術とかそういうものを使っているんだろう。

「もっと厄介で、トラップも満載の森かと思っていました」

澪が罰当たりな事を口にした。

どこのダンジョンだと……。

神社でそれやっちゃ駄目だよ、多分。

鳥居を行ったり来たりしても、ワープとかしないから！　きっと。

とはいえ僕も、敵意の欠片もない空気には確かに拍子抜《ひょうしぬ》けした。

考えてみれば、海だって特に何かが仕掛けられていたわけでもない。

普通に管理人つきの神社をプレゼントしてくれたんだろう。

亜空には神社とかお寺がなかったから。

「おお、見えてきました。あれが若様の世界の神殿でございますか」

識の言葉通り、視界正面に見慣れた神社の建物が現れた。

実際見ると、かなり大きいな。

「お、おおおお！」

巴が震えて、滅茶苦茶《めちゃくちゃ》感動している。

僕は思わず苦笑してしまうが……その口元はすぐに凍りついた。

視界に入った別の建物のせいだ。

何、これ。

唖然《あぜん》とする僕に、澪が問いかけてくる。

「あの、若様？　私の目には随分統一感がないように見えるのですけど。正面と右の建物は、まあ少しは似ているようにも見えますが、左のあれは雰囲気からして全然違いませんか？」

「う、うん」

確かに澪の言葉通りだったから、頷く事しかできない。

識も同じように違和感を覚えたのか、小さく首を傾げる。

「むしろ左のあれだけは女神の神殿の名残を感じるといいますか、私からすれば見慣れた神殿に近いものがあります。正面と右は全く未知の神殿ですね」

「……うん」

識が言った通り、左の建物にはむしろ女神の神殿に近い雰囲気がある。

少なくとも、ここにはそぐわない。

一応、神社の敷地内にお寺があるのまでは分かる。

僕の常識の中にもある。

いわゆる神宮寺《じんぐうじ》だ。

神護寺とか神宮院ともいう、神仏習合思想の表れの一つで、神社を守るお寺とかってニュアンスだったと思う。

宮寺《みやでら》とか別当寺《べっとうじ》って呼び方に変わると、お寺が神社を管理運営する意味合いが強くなるとかなんとか。

僕が趣味で知っているのはそこまで。

お寺と神社も現代はともかく、バトっていた時代は当然あるわけだから、神宮寺にしても寺と神社の関係はそれぞれだと思っている。

「……若、儂は非常に感動しているんですが、何やら水を差すものが左手に見えて……。あれも神社ですか？」

巴が複雑な表情で例の建物を指差した。

「あれは、違うね。というか、正面のは確かに神社だけど、右は寺だよ。で、左のは外国の神殿」

「右は寺ですか！　では、神宮寺というやつですな！　トーショーグウにおける輪王寺《りんのうじ》のような？

ほうほう、これがそうなのですか」

実例を知っているのか。

流石は巴だ。

権現様《ごんげんさま》ってのは、お寺で仏様の仮の姿の事だしね。

しっかし……。

「浮いてるなあ、あれは。神社は懐《ふところ》が深いといっても、これは深すぎるような……」

「外国の神殿。ああ、若様の世界では神の教えは複数あるとか」

僕の世界の宗教事情に興味をそそられたのか、識が質問してきた。

「まあ、ね。それで言うと、ここには三つの宗教がある事になるね」

「三つ、ですか。それはまた、随分混沌としていますね」

識の言葉はもっともだ。普通ならこんな組み合わせはない。

「まずは正面の神社が神道」

正面を示して識に教える。

「次に右手のお寺は仏教」

「ふむふむ」

「最後に左手、ヨーロッパの神様を祀る神殿——多分、パルテノン神殿だと思う。あえて分類するならギリシャ？　あれは宗教じゃなくて国か」

「何ゆえに疑問系なのでしょうか？」

「遺跡は色々残っているけど、歴史に呑まれて変化を繰り返して、結局のところ、どうなったのかよく分からないから、かなあ」

「つまり、既に教えとしては、もう残っていないのですか」

「まあ、そうなるのかな。僕が知ってる限りだと——」

ギリシャ神話は何教と名前がついて現代に残っているものじゃない。

ギリシャからローマに引き継がれ、オリンポスの神々も名前を変えてユダヤ教に影響を与えながら、ローマ皇帝の次の崇拝対象に落ち着いた。

でも、そのユダヤ教から生まれて力をつけたキリスト教が、後にローマ皇帝の公認を受けて他の宗教を駆逐《くちく》していく、って感じだったはずだ。

実際、ローマには他の民族の神話も流れ込んだりして、キリスト教は当初から混ぜこぜというか、ハイブリッドみたいなものって印象を受けた。

西洋世界の歴史では結構最初の方で習ったよな……。

クリスマスも遡ればローマの神様の祭りだったたって説もあって、えっと、確か……サターンとかなんとか。

違ったかな？

でも、古いゲーム機とソフトの名前を思い出して笑えたのを覚えているから、サターンで間違いないな。

冬至か何かのお祭りだったたか。

学校で習った事に毛が生えたような知識だから、人に講義できるほどでもないのに、ちょっと頑張って語ってしまった。

たまには従者に良いところを見せたい時もある。

「キリスト教というと、世界的な宗教の一つでしたね。確か仏教もそうしたものの一つだと記憶しています」

「うん、当たり。ちなみにキリスト教は一神教だけど、あの神殿の神様が登場する神話には、他にも多くの神様が出てくる。だから無理に分類しない方が正解かも。混乱させてごめん」

「いえ」

「ギリシャ神話教とか、ヘレニズム教とか名前をつけてもいいような気はするけどね。神話は世界的に有名なんだけどなあ」

「不思議な教えもあるのですね、若様の世界は」

「はは……」

「しかし、元は多くの神がいたのに、今はただ一人とは。バトルロイヤルでもやったのですか？神々は」
バ、バトルロイヤル。
ある意味合っているかもしれない。

実際に戦ったのは人間達で、代理戦争的なものだったとしてなら。

「識、そこは蠱毒《こどく》じゃろう。より強い神が他を食らって、後世に名を轟《とどろ》かせたんじゃ。信仰を喰らい、神であったものらを悪魔に堕《お》としてな」

「ほう……それはまた興味深いですね」

巴、蠱毒はちょっと。

バトルロイヤルでも蠱毒でも、殺し合いには違いない。

しかし、宗教の歴史は血なまぐさいものとはいえ、あながち間違いじゃないように思えてくる僕も、問題ありだなあ。

「ま、まあ、二人とも、その辺りにしておいて。お寺の方は巴が言ったように神宮寺っていう在り方もあるから不思議じゃないんだけど、左の神殿の方は見た事がない。パルテノン神殿ってやつだと思うから、神宮パルテノンとか、宮パルとか呼べばいいのかなあ」

真っ白だし、石造りだし、明らかに雰囲気が違う。

付近の木々も見覚えのない種類だ。

「語呂が悪いですなあ。一体どうしてあのようなものが？」

響きが気に入らないらしく、巴が首を捻る。

「それは、なんとなく分かる。ここに来た神様を覚えているだろう？」

「ええ。あのお三方ですな」

「きっと、あの方々それぞれの神殿なんだよ。正面がスサノオ様か、もしかしたら月読様。右手が大黒天様で、左のがアテナ様だろうね」

「ほっほー。という事は、亜空にはそれぞれ別の体系の神々がわざわざ来ていたという事ですか。興味深い」

あ……そうか。

アテナ様って事はあの木、オリーブかもな。

確か、アテナ様とオリーブの木は関係が深かった。

ローマのミネルヴァ様だったら別の木かもしれないけど、さすがにギリシャの神殿とローマの神殿の区別はつかないし、ご本人がアテナって名乗ってたんだから、合っている気がする。

オリーブの木、しっかりと見たのは初めてなんだよなあ。

熟して真っ黒になった実を見た事があるだけだ。

「で、例の気配は正面の神社からだ。向こうから出てくる気は全くないまま。せっかく来たんだから、一度お参りはしておこっか。それが礼儀かなって思うし」

「ここはどのような作法でいくのが正解ですかな、若」

「普通に二礼二拍一礼でいこうよ。違ったら教えてくれるでしょ、奥の人が。ほら、あそこに手水がある。澪と識に使い方を教えてやってよ、巴」

前方に、結構大きくて立派な手水舎《ちょうずしゃ》がある。

「手水！　承りました！　澪、識、ついてくるがいい！」

巴を促すと、待ってましたとばかりに澪と識を連れていき、手水の使い方を実演しながら教えはじめた。

一面に砂利が敷き詰められた広い空間。

右手には寺、左手にパルテノンが見える。

確かに、概《おおむ》ね懐かしい光景だ。

つい、亜空にいる事を忘れそうになる。

思い出すなあ、色々。

手水は〝てみず〟が主流なのか〝ちょうず〟が主流なのか、舎は〝じゃ〟か〝や〟か。

全部合っているだけに、どう呼ぶべきか実に悩ましい。

ちなみに僕は〝ちょうず〟と〝ちょうずしゃ〟で落ち着いているんだけど、これが人によって全く違っているわけで。

僕の周囲では興味ないって奴が大部分ながら、聞くと〝てみず〟と〝てみずしゃ〟が一番多かった。

良い機会だし、亜空は〝ちょうず〟で染めてやろう。

他の読みを教えなければ一択なんだからな。

くくく。

なんて事を考えていたら、三人が手水を使い終わったみたいだ。

僕も行って、手早く手と口を清める。

蛇や竜の口から水がブシャーと出たりはしていなくて、水盤は自然石をくり抜いたような形になっていた。

水盤の底からこんこんと水が湧き出しているのか、水面には常に波紋ができている。

さ、お参りするか。

僕を先頭にして、多分中身は空だろう賽銭箱《さいせんばこ》の前に立つ。

亜空の神社なので、巴が作った亜空の貨幣を入れる。

一両を四人分で、四枚。

頭上に鈴があったので、縄を握って大きく鳴らした。

「僕のあとに続いて同じようにすればいいからね。当然だけど、敵意なんかは抱かない事」

三人とも頷く。

まず軽く一礼。

深く二度礼して、拍手を二つ。

姿勢を正してまた一礼。

――月読様、僕はまだなんとか生きています。

今は、無理だと言われた日本への帰還を目標にしていますが、やり残した事もあり、そちらを優先して片付けたいと思っています。

今後僕がどうなるにせよ、貴方が仰った〝自由に、好きにしていい〟というお言葉は僕の支えになっています。

どうぞお体を大事に、心安らかに回復に努めてください。

少し長くなったけど、最後に再び、軽く一礼。

最初と最後の礼は、ご挨拶みたいなものかもしれない。

こういうの、なんか凄く懐かしいな。

顔を上げて、大きく息を吐く。

「はい、おしまい。お疲れ様」

三人に向き直る。

気配が、動いた。

僕らの左手、本殿の中だ。

変わらず、敵意はない。

接触もないが、かなり近い場所に移動した。

参ったな。昇殿参拝となると、経験がない。

祈祷《きとう》なら子供の頃にあったのかもしれないけど、覚えていないんだよなあ。

気配の方向を見る。

ん？

あれは社務所、いや、授与所か？

お守りとかあるし。

……えー？

「どうやら、あそこに来いという事のようで」

「あの鈴を鳴らすのは、神への挨拶にあたるのだと、先ほど巴殿から聞きました。それに合わせて動いたのかもしれませんね」

「若様をコケにされているようで、あまり面白くありませんわ」

興味津々《きょうみしんしん》の巴と識とは反対に、澪は不満そうに頬を膨らませる。

「ま、行ってみようよ。少なくとも、お寺とパルテノン神殿も先に回って来いって言われてないだけありがたいよ」

正直、パルテノンのお祈りの仕方とか知らないし。

授与所に行くと、そこにはいくつかのお守りや絵馬、破魔矢などが並べられていた。

現代と異なるところは、どれも確実に魔力を帯びた品だって事だ。

お守りというと、どれもアミュレットに近い、受動的なものという印象がある。でも、ここにあるのはタリスマンのような能動的な効果を感じた。

よほど効果が強いお守りなんだろうか。

向こう側、本殿の内部とは、カーテンと引き戸で区切られている。

が、確かにいる。

「そろそろ、僕らは対面してもいいんじゃないですか？」

思い切って声をかけた。

呼応するように静かにカーテンが開き、そして戸が開いた。

「っ」

三つ指ついた巫女さん……らしき者が一人、そこにいた。

だけど頭に乗せているのは、角隠し？　巫女と花嫁、なんとも不思議な取り合わせだ。

手じゃなくて、術で戸を開けたのか、本人は深く頭を下げたまま。

なんだろう、怖くはないし、強さもそこまで感じないのに、妙に息苦しい。

心理的な圧迫というか、上手く言えない何かを、彼女に感じた。

無意識に息を呑む。

すると、彼女がゆっくりと顔を上げた。

白い、あまりにも白い、人ではありえない肌だった。

黒い髪、やや明るい茶色の瞳、それに巫女の衣装は、一瞬、彼女が日本人であるかのように思わせる。

でも、肌だけは彼女が人である事を否定していた。

化粧《けしょう》とも思えない、塗料のような白——でも純白じゃなくて、そこにわずかな青みを感じさせる。

僕の目には、どこまでも作られた印象の色に映った。

巫女衣装なのに角隠しを被っているのも、妙な作為を感じる。

「はじめまして、ご主人様。私は月読様の巫女をしておりましたが、この度真様にお仕えするよう仰せつかりました者です。末永くよろしくお願いいたします」

穏やかな微笑みを浮かべながら、彼女は僕をご主人様と呼んだ。

7

「粗茶ですが」

「ありがとうございます」

白い肌の巫女さんは、僕らを神社の中の客間らしき部屋に通し、お茶を出した。

考えてみれば、神社の中に入る機会なんてそうそうない。

それも祈祷なんかで入れる本殿じゃなくて、巫女さんや神主さんが生活している空間だ。

現代ならそういう人でも家屋は別だったり、敷地の外から通ったりしている人が大半だよな。

思いがけない経験ができた。

「遠路はるばるよくお越しくださいました。この日が来るのを……ずっと待ち焦がれておりました」

「最初に確認しておきたいんですが、貴方は誰から僕に仕えるように言われているんですか？」

「シヴァ――大黒天様ですね。こちらの神社と敷地内のお寺、神殿は、大黒天様の他にスサノオ様とアテナ様の連名でご主人様への贈り物となります」

巫女さんが口にしたのは、先日僕が会った、元の世界の神様と同じ名前だった。

僕とあの方々の接触を知っているのはごく限られた人だけだ。

ならば、これが罠って可能性は低いのか。

……なんというか、巴と澪と識が巫女さんに向ける警戒が結構なものだから、僕まで緊張して身構えてしまう。

女神が亜空に干渉してきた事はないし、最近アイツはこちらが驚くくらい大人しい。

嵐の前のなんとやらだろうから安心はできないけれど、大人しくしている理由の一つである他の神様の名前を騙《かた》ってまで僕をハメるのは、女神にとってリスクが大きすぎる。

あれは僕らに何も感じさせずにここに干渉できるほど大した神様じゃない。

巫女さんに対して若干の敵意すら向けている巴達に、少し抑えるよう目配せをする。

しかし巴なんかはむしろ好意的に色々聞きたがりそうなのに、なんなんだろうな。

今のところ、僕の目にはそこまで危険そうな人には見えない。

確かにこの人には、対面していてなんとなく感じるものはあるけど、その正体は僕自身、まだよく分からない。

本当に微かなしこりが、心の中にある――そんな感じだった。

危険だとは思わないし、脅威でもない以上、直感以前の曖昧《あいまい》な感覚に固執するのもどうかと思う。

「アテナ様ですか。それで白亜のパルテノン神殿みたいなのまであるんですね」

僕の言葉を聞いた巫女さんが、微かに悲しそうな顔をした。

「ご主人様、敬語はおやめください。私は貴方様にお仕えする者。どうぞ、そちらの……お三方に振舞うのと同じように接してくださいませ」

「はあ……」

と言われてもなあ。

それなりに一緒に生活してきた巴達と同じようにしてくれというのは、僕にはなかなか難しい注文だ。

結果、気のない相槌程度で返してしまった。

ある日突然の主従関係を結ぶというのは、あまり慣れてない。

一応魔族のサリはそんな感じだけど、あの子に対して巴達と同じように接する事は一生ないと思っているし。奴隷でも買って、扱いに慣れていればまた違ったんだろうけど……性分《しょうぶん》じゃないんだよな、そういうのは。

「いきなり湧いてきて、随分な要求ですわね」

僕の気のない相槌の少し後、澪と巴が巫女さんに文句を言った。

「まったくじゃ。大体名乗りもせぬまま、若に儂らと同等に扱えとは、いかにも無礼ではないか？」

識は特に口を出してこなかったものの、機嫌が悪そうだ。

疲労とは違う、物騒な気配を感じる。

「同等にだなんて。巴さん、私はただ、皆様の末席に加えて頂きたいと思っているだけです。名前につきましては、これから申し上げようと思っていたのですが、少々事情がございまして」

巴？

どうして巫女さんが巴の名前を知っているんだ？

僕の名前はともかく、神様達が彼女の名前まで教えたのか？

「……あまり気分のよいものではないのう。儂の名前をお前に教えた覚えはない」

「最低限の事は事前に知らされています。そして、失礼についてはお詫びします。申し訳ありませんでした」

「ふん……」

「あー、じゃあ、名前についての事情を聞かせてもらえます？」

あんまり険悪になられても困るので、なんとか割り込んで、巫女さんに説明をお願いした。

巴の奴、彼女が名前を名乗らなかった事に苛立っていたのか。

「ご主人様は神社にもお詳しいようですからご存知かもしれませんが、巫女というものにはいくつかの側面があります」

言葉と一緒に意味ありげな視線が送られてきた。

まあ、少しだけど知識はあるから、話題に乗ってみる。

「神社で神事の奉仕や神職の補佐をするのが現代の一般的な巫女で。少し遡ると、占いや祈祷、口寄せまでしていた人も、各地に大勢いたとか」

「私の場合は本質的には後者の民間寄りの存在ですが、今は宮仕え、前者の役についております」

「今はもう昔ほどはいない、イタコやアズサミコが神社で働いているようなものですか？」

「そうなります。ご主人様には必要なさそうですので、補足の説明などは後日にして、今は本題を優先しますね。私には以前、いくつかの名がありました。が、それらは全て、私を器とした〝私となんらかの存在が合わさったものの名前〟とでも表現するのが正確でしょう」

「……」

ずっと、霊媒《れいばい》とかいうのになっていたって事かな。

となると、口寄せが専門なのか？

「神に仕える巫女としての私もまた、その内の一つ。ですからその名を捨て、こうして新たな主人に仕える事になった以上、私に名乗るべき名前というものはないのです。言ってみれば私は、陰《おん》陽師《みょうじ》が式神を使役する際に用いる紙の人形ですから」

「……ちょっと、よく理解できません」

率直な感想だった。

名前がころころ変わって、その度にリセットされる存在とでも言いたいみたいだけど……それは命って言えるのか。巫《かんなぎ》って字には依《よ》り代《しろ》って意味合いもあるけど……。

「人として生きてこられたご主人様に、すぐお分かりいただけるものではないでしょう。私の事は、まずは〝命を持った道具〟とでもお考えください」

巫女さんはにこやかに自分を道具と言い捨てた。

その姿を見て、魔王ゼフの子で、魔族のためにと自ら僕に隷属《れいぞく》する道を選んだサリを思い出す。

しかし、あの子は自分で決めてやらかした。対して、この巫女さんは言われるままにここにいる感じがするから……似てはいないか。

「文字通り贈り物って事ですか？」

人が贈り物か。流石に神様は色々凄いな。

いや、管理人付きの建物だと考えれば、海よりは普通か？

どんなセレブでも、多分海そのものは作り出せないわけだし。

「はい。ですので、主となる真様や、従者として既にご主人様にお仕えしている巴さんと澪さん。それから……」

巫女さんが識に視線を移した時。

彼女の目の動きに合わせたように、僕の少し後ろに座っていた識がコテンと倒れた。

一瞬、巫女さんが何かしたかと思ったんだけど、識の姿勢を見て原因が分かった。

正座した姿勢のまま、横に転がっている。

足が痺《しび》れるんなら、無理に正座しなくてもよかったのに……。

ちなみに、巴と澪も正座している。

どうやら三人とも、僕が畳の部屋で自然に正座したのを見て、それに倣ったみたいだった。

ぱっと見ただけだと、二人はまだ平気そうだ。

「も、申し訳ありません」

「隙を見せるんじゃありません」

言葉とともに、澪が懐から出した扇で識の足の裏をビシッと叩いた。

うわっ、あれは厳しい。

だいたい隙って……敵地じゃあるまいし。

「っっっ」

当然の如く、識は言葉もなく悶絶《もんぜつ》する。

手がなんかわきわきしている。

その気持ち、分かるよ。

「ふふ、楽な姿勢で構いませんよ」

「すみません、ありがとうございます」

まだ悶《もだ》えている識に代わって謝罪と感謝を伝えた。

「そんな……話が長くなってしまって、謝るのはこちらの方でした。皆様の事は前もってそれなりに伺ってきていると、お考えくださいませ」

そう言い終えて、巫女さんはお茶を一口。

にこやかな笑みを崩さない。

そつがなくて、上手だ。

……。

ああ、そういう事か。

この人はレンブラントさんとか、彩律さんとか、それからゼフとか、ああいう類の人達に似ているんだ。

本当の感情に触れている感覚が得難《えがた》い人種——笑っていても安心できないし、怒っていてもそれが本気か分からないタイプ。

レンブラントさんは家族が関わると凄く親しみやすくなるから半分だけか。

今の僕の周りには多いんだけど、だからといって得意ではない。

正直に言えば、距離を置いて関係する分にはともかく、直接関わると疲れる。

……神様って、試練とか好きそうだからなあ。あのお三方も、僕のその辺りを見抜いた上でこの人選をしたとか？

凄く嫌がらせな気もしてきた。

その路線だと、この人は能力的には凄く有能そうだし。

「僕らの事を知っているのは了解しました。でも、名前がないって問題については解決してない気がするんですけど」

「ご主人様は支配の契約を結んだ相手には名を授けているとお聞きしています。契約後、私にも名を頂ければ幸いです。他に巫女がいないようでしたら、単に巫女と呼んでいただいても構いませんが」

確かに、亜空に巫女はこの人一人だけか。

ただ名前がないままってのも酷い話だ。

また名前考えないと。

まあ、神様の紹介だし、この人と契約するのは別にいい。

大体、支配の契約は僕にはデメリットがない。

契約自体が可能なら、だけど。

なんとなく秘密主義っぽい雰囲気があるのが少し気になるくらいで、それも契約を結べばあまり問題にならない。

……多分。

「今の僕と契約するのは可能なんですか？」

「おそらく問題はありません。ご主人様はご自身の力をある程度抑えて契約が結べる方だとか。それでしたら、私でもなんとか」

識の時みたいなケースか。

あの後、識には十三階梯と彼が名付けた随分特殊な能力が宿った。

それも、デメリット……じゃあないか。

「なら、一度家に戻って準備しないと。それとも、契約はここじゃないとまずいとか、何か事情があったりします？」

今のところ仕事の分担が識に大分偏っている部分がある。

少なくとも、彼女は僕よりも仕事ができると思うから、従者が増えるのは亜空にとっても悪い話じゃない。受け入れていいだろ――

「お待ちを」

急に巴が割って入ってきた。

「っ、巴？　なに？」

「いかに異界の神からの贈り物といえども、それだけで即座にこの女を認めるのは、少し問題があるように思います」

月読様サイドの神様からの贈り物なんだから、問題あるわけないのに。

ヒューマンとか女神ならともかく、向こうの神様だぞ？

そんな鼻息荒くする必要はないんじゃ。

「いや、巴。それは大丈夫じゃないかな？　この人が外から侵入した形跡はなく、亜空にいきなり現れたのは僕らも知っているわけだし。ヒューマンとか女神の罠って事はないだろ？」

亜空に僕や巴の了解なく侵入してきたのは、この巫女さんと立派な神社……と、その他を贈ってくれた神様達だけだ。

「聞けばこの巫女は、神に仕えて今に至るとの事。そうじゃな？」

「はい。月読様にお仕えし、雑務をこなしてまいりました」

巴に問いを向けられた巫女さんは、変わらない笑顔でそれに応じた。

特別、焦った様子もない。

「それをどうやって証明する？」

「残念ながら、証明するだけの証拠などは持ち合わせておりません」

「お前が誰か別の何者かの意図で送り込まれたという疑念は消せぬ。そうじゃな？」

「はい。ですが私にできる事でしたら、皆様の信頼を得るためにいかなる協力も惜しみません」

「ならば、儂にお前の記憶を読ませよ。身内になりたいというのじゃ。構わぬよな？　無論、秘密は守り、口外はせん」

「ああ、巴さんは記憶を読む力がおありですか。ですが私のような……言ってしまえば〝モノの記憶〟まで、読めるのですか？」

モノ、ね。

なんだろうな、少しイラつく。

サリに感じたものに近い。二人は意外と似ているのか？　やけにサリの言動が頭をちらつく。

「己をモノ呼ばわりするような女が若様の従者になるのは、私も面白くありませんね」

澪がこれまた巴同様に巫女さんの従者入りに反対してきた。

澪の直感に引っかかるなら、結構危険な要素もある？

いやいや、あの神様達に限って、それはないだろ。

「まずは敵意や害意がない事を示せと言うておるだけじゃぞ？　まったく読めんお前の記憶を、隠さず儂に晒せとな」

「困りました。私は最初から隠してなどおりません。恐縮ですが、元々巴さんの能力が物体にまでは及ばないのでは？」

「ほう……隠しておらんと。そう主張するか」

「事実、これから命を懸けてお仕えする方とその従者の先輩に、隠し立てするような事はありません。澪さん、私の態度につきましては、今後ご主人様にお仕えしていくうち、早めに直していきますので、どうか少しの間お許しください」

「……」

「……」

見えない火花が散っている気がする。

いや、間違いなく散っている。

巴も澪も反対なら、契約はなしで、神社の管理だけしてもらってもいいか。

別に支配の契約をしろとまでは言われてないんだ。

「……ご主人様はいずれ、神と刃を交える事も考えておられるとか。現状ならばともかく、相手が――程度にもよりますが――単に神の格を持つというのではなく、確かに神の座にある存在となりますと、今の私の力では足手まといになってしまいます。支配の契約を結ぶ事は、私がお役に立つ上で重要な事と考えております。ご主人様、どうか」

そうだった。

別に忘れていたんじゃないけど、女神との一戦を考えているなら、戦力は沢山あった方がいい。

亜空の住人の中に、女神との戦いに直接参加できそうな人は、流石にいない。

巴と澪、それに識ぐらいだろう。

そこに一人加わってくれるなら、間違いなく巴達の負担は減る。

馬鹿だな、僕は。

時間ならまだ多少はある。それは巫女さんが皆と仲良くなれる時間だってあるって事だ。

僕を含めて皆が無事に済む可能性が上がるなら、変な気遣いは無駄どころか害になる。

ここは巫女さんが言った通りだよ。

「確かに、戦力が増えて困る理由はない。できれば誰も欠ける事なく女神を、あの虫を屈服させて終わりにしたい」

僕自身の願いを確認するように、口に出す。

「まあ、なんて豪気な。己が意思で神と対峙し、討つのではなく制し、かつ誰一人犠牲を出さずそれを成し遂げようとは。人の身でそこまでの発言をなさる器、流石は荒ぶる神々に気に入られるだけの事はあります」

いざ他人から説明されると、なんというか、自分が滅茶苦茶な事を言っている気がしてきた。

気がした、じゃなくて、実際滅茶苦茶か。

そもそも飛ばされたこの世界が変だったから、自分の考えがそこまで変だとは思ってこなかったな。

「巫女さんは、僕が女神と戦うと言ったら、当然こっちについてくれるんだよね？」

「もちろんです。そもそも支配の契約がある以上、ご主人様に逆らう事はありません。そのような事は起こらないと誓いますが、もし私への信頼が足りず、戦いに加えていただけないとしても、支配の契約は私の反逆を防ぐ保険になりましょう」

実際、今の僕にはこの人をどう扱うべきか迷っている部分が、少しある。

だけど支配の契約を交わせば、後ろから刺される危険はなくなる。元々亜空にいるこの人が、好き勝手に動き回って問題を起こす可能性も、万が一にはありえるのだから、やっぱり契約を結ぶのが妥当だと思う。

よし、決めた!!

「うん。巫女さん、契約を——」

「若様。私からもよろしいですか?」

またかーい。

今度は識か。

どうしよう、決めたと言ったものの、彼まで反対だったらと思うと、気持ちが揺らぐ。

「なんだよ、識」

「この部屋で話が始まってから、どうもそちらの巫女殿から探るような視線を向けられている気がします」

「……は?」

思わず、間抜けな声が出てしまった。

「面識はもちろんありません。巫女殿、どうか理由を伺いたい」

巴と澪が不思議な目で識を見ている。

「識、連続の転移は相当応えたんじゃなあ。すまん、許せ」

「……はぁ」

——と思ったら、巴が珍しく識を気遣うような発言をし、澪は額に手を当てて溜息をついた。

や、確かに僕も何を言い出すんだとは思ったよ?

とはいえ、識は亜空でも学園でも他の街でも結構モテているわけで、別に自意識過剰とかじゃない。

僕は気付かなかったけど、巫女さんが識に視線を送っていたのかもしれない。

「目立たぬようにしていたつもりでした。しっかり気付かれていたなんて、はしたないところをお見せしました」

ええ、認めた⁉

「趣味の悪い女じゃなあ、これが好みとは」

「巴さん、好みは人それぞれですわ。識のような残念なのでも、それが好きという女もいるでしょう」

「知的な方には、惹《ひ》かれてしまいますね。それに足を痺れさせるなど、可愛らしいところもお持ちのようで。とても好ましいです。あ、ご主人様も同じくらい可愛らしい方だと感じておりますよ」

巫女さんの言葉を聞いて、巴と澪がますます不機嫌になる。

「……ふん」

「前言は撤回します。ただの悪食《あくじき》となれば、人それぞれでは見過ごせません」

なんだろう、澪に対しては全力でお前が言うなと諭《さと》したい。

大体、さっきの巫女さんを擁護する台詞。あれ、識の部分を僕の名前に置きかえたやつを、学園で何度も聞いた覚えがある。それも色んな人から。

巴と澪があれこれ言う中、識が口を開いた。

「……そのような理由となると、あまり追及はできませんね。貴方の異性の好みまでは流石にまだ分かりませんし。ただ……私は貴方のような女性と親しく付き合いたいとは全く思いませんが」

凄い。きっぱりと拒絶した。この短い時間の付き合いで、貴方のような女性とは親しくしたくないとか、僕だと絶対浮かんでこない。

「それは残念です。でしたらせめて同僚、友人として良き付き合いができる事を願うばかりです」

こっちも凄いな。

二人とも笑っているし。

僕なら以下略。

巫女さんは和やかな笑みで、識は挑戦的な笑みだ。

改めて見ると、巴と澪も冷たい笑みを浮かべている。

僕は、苦笑。

精一杯筋肉を動かして、なんとか笑みの形を作る。

「……ああ、その。僕としては、戦力は欲しい。向こうがどれだけ強いか分からない以上、こっちはできるだけの事をして挑《いど》みたい。だからこの巫女さんと契約したいと思っている。亜空の安全面とかも一応考えた上で、だ」

なんとかこの場に言葉を割り込ませた。

『……』

従者三人と巫女さんは沈黙している。

「……どう、かな」

誰も賛成も反対もしてくれないから、少し不安になって反応を求める。

「どう、と問われましても。若がそう決めたのであれば、我らは従うのみです」

「はい。ご決断に従いますわ」

「私も、若様のお決めになった事であれば異論は申しません」

ほっ、良かった。

「ただ――」

う、巴だ。何か条件でも出してくる気か？

「なに？」

「できればこの者に、若の世界の……現代に関わる質問をしてみてはいただけませんか？　儂にはこの女の記憶がまるで読めません。なまじこのような能力を持っているせいか、読めぬ相手を簡単には信じられぬのです。小心者の従者と笑われましょうが、お願いいたします」

巴が硬い表情で僕を見据《みす》える。

まあ、それで三人が安心できるなら構わない。

僕だって、現代日本の知識までこの巫女さんが持っているなら、今よりも信用できる。

そうだな……なんにしよう。

「巫女さんは当然、現代の日本についても知っているんですよね？」

一応の確認。

「はい。ある程度の事でしたら分かります」

本当に感情の読めない表情だ。

単純に笑顔をそのまま受け取れば、好意的に見える。

これもまた単純だけど、美人が一見自然な様子でそうしているから、効果も高い。

日本にいた頃の僕なら、疑念も持たずにへらへらしていたのは間違いない。

「なら、これから質問をしても大丈夫ですよね？」

「それで少しでも私への疑念が薄まるのでしたら、大歓迎です。どうぞ」

「分かりました」

「せっかくですから、ご主人様に関わるような事をお聞きくだされば、大抵はお答えできると思います。私ごときでは、一つの世界の知識全てを知るのは無理ですが、日本——それもご主人様のご趣味などについては、勉強して参りました」

誘いかな？

でも……僕の過去も含めて周辺の知識を持っているというなら、疑いは格段に減る。

女神はそこまで詳しくないと思うから。逆に月読様は、その辺も詳しそう。

だったら……。

「なら、僕が毎月買っていた雑誌、月刊『黄昏《たそがれ》』は何日発売？」

僕の生活に密着した問い。

多分、巴達でも分かるまい。

『黄昏』は時代劇の巨匠から新進の気鋭までを結集した、日本の月刊もので多分一番重くて一番厚い劇画雑誌だ。

時々ジオラマ企画やお城企画で本体よりもさらに大きな付録がつく。

それでいてお値段は税込みでワンコインという、いつ休刊廃刊になってもおかしくない壮絶《そうぜつ》なサービス精神を持っている。

そんな無茶を僕が生まれる前からやっていて、景気の浮き沈みにもびくともしない、別名不沈艦。なのに一般の人の知名度は何故か低い。解《げ》せん。

「月刊『黄昏』ですか。二十日です」

そ、即答した。しかも合ってるぞ。

「……正解です」

「巨大な財閥《ざいばつ》が趣味でやっているだけあって、絶大な安定感のある雑誌ですね」

むしろ僕の知らない事まで把握している。

あれ、財閥が出していたのかよ。どこだ、その素敵な財閥は。

「巴、この人大丈夫だと思うよ」

「若。わずか一問でニヤけないでくだされ。他にも適当な問いを、さあ」

だって『黄昏』知っているんだぞ？

クラスでも、名前だけなら知っているって人がせいぜい数人だった、僕の愛読雑誌を。

発売日まで即答だぞ？

良い人だ。少なくとも悪い人じゃないと思えてきた。

仕方なく、その後も質問を続けたが、巫女さんはその全部にほぼ即答してみせた。

流石に現代の日本を知っている事は疑いようがない。

一応、僕に関係が薄い分野も試したけど、結果は変わらなかった。

「巴、この巫女さんは間違いなく向こうの世界の人だよ」

「ほぼ正解というのが逆に気に入りませんが、一応の納得はいたしました」

「澪も、この巫女さん、料理が得意なんだって。メニュー増やすのも捗《はかど》るんじゃない？」

「お台所に入れるかどうかは、私に任せて頂きますけれど。そちらの知識もあるのは分かりましたわ」

「識、あっちの魔術にも詳しい人がいれば、研究も色々進むんじゃないかな」

「純粋に意見を聞くだけなら、有益だと思います。淀みのない答えには、疑う余地が見当たりませんでした」

少し棘《とげ》はあったものの、三人の従者は認めてくれたらしい。

「ありがとうございます、皆さん。新参者ですが、よろしくお願いしますね」

……なんだろう。

ちょっと胃がキリキリする。

「それはまだ、気が早いのう」

「え？」

巴？

「若の従者になるには慣例となっている行事が一つある。当然、お前にもやってもらわねばならぬ」

ん？　そんなの、僕自身知らないんだけど？

うん、そういう事を決めた記憶は全くない。なのに、澪と識は思い当たるのか、楽しげな表情を浮かべて頷いている。

マジか。

僕と契約を結ぶのに、なんで僕が知らない慣例なんてものがある。

要は慣例なんて、繰り返しやってきた事が習慣として定着したり、決まりごとになったりするわけだろ？

僕が巴達を従者にする際に必ずやった事なんて、それこそ契約の儀式くら……あ。

まさか。

「それは存じませんでした。喜んでやらせていただきます。その慣例とは、どのような事でしょうか？」

ちょ、それは。

「なに、難しい事ではない。ちょっと若と全力で戦ってもらうだけじゃ」

「……は？」

やっぱりかー!!

巫女さんの目が点になったじゃないか！

「それこそ……若を殺す気で、のう？」

「そんな物騒な慣例があってたまるか!?」

思わず叫んでしまった。

「まあまあ、若。結果は見えております、様式美というものですぞ？　儂も澪も識も、若と契約を結ぶ前には全力を尽くして戦ったのですし」

「それは、まあ、そうだけどさ」

「新たに従者に加えんとする者には、最低限の能力は見せてもらうのが、筋というもの。言葉だけならいくらでも虚言を吐けますからな」

確かに、この巫女さんの実力も能力の方向性も知らない。

ただ漠然と、巴達相手にも臆《おく》した様子はなかったから、それなりに強いのは確実かなと思っていた。

で、僕をどうこうするような強さは持ってない程度だろうって。

澪も識も当然だとばかりにしきりに頷いて、巴の言葉に乗っかっていた。

「でも、殺す気ってのはさあ」

「皆、そうでした。それに、契約を結んでしまえば本気では戦えませせぬ。今しかできぬ事ですぞ」

「うーん……」

渋る僕だったが、巫女さんは結構武闘派なのか、怯《ひる》むどころか前向きだ。

「私とした事が。力も見せずに従者の末席に加わろうとは、確かに皆様に失礼な行為でした。ご主人様さえ納得してくださるなら、喜んでやらせていただきます」

巴達はわずかに目を細めて彼女の言葉を受け止める。

僕の方に殺す気がなければ、まあ大事にはならないか。

殺意の有無で言えば、巴達に対してもなかったわけだし。

澪の時だけちょっと怪しいかもしれないけど。

「じゃあ、ちょっと広い場所にでも移動するか。流石に神社の境内《けいだい》ではやりたくないから」

いくら巫女さんが構わないと言ってくれたとしても、僕の方がそれは嫌だ。

皆に外に出ようと促す。

「そうですな」

巴も場所には拘《こだわ》らず、出る事を了承してくれた。

巫女さんはともかく、神社自体はこいつも気に入っていたし、当然の反応か。

「お気遣いありがとうございます、ご主人様。私が他の方に誇れる能力など、せいぜい速さくらいですが、精一杯全力を尽くします。胸をお貸しください」

「あ、こちらこそ」

速さ――それが巫女さんの武器か。

てっきり陰陽師っぽい術でも使うか、薙刀《なぎなた》で戦うのかと思った。

いや、速さはそのどちらとも共存できる。

むしろ自分から手の内を晒すのが不自然じゃないか？

……はぁ、こんな事を考えている時点で、相手の術中に嵌っているような気がしてならない。

やっぱ苦手なタイプなのは間違いないな。

三人の手前、思考を掻き乱されて負けるわけにはいかない。

それはあまりにも情けないから。

僕は僕の戦い方を貫く。

その上で、三人が安心できるように、彼女の手札も開かせて、勝つ。

自分がやらなきゃいけない事も、巴に期待されてる事も、今の僕ならなんとなく分かる。

僕らは一旦神社の敷地から出て、ここに来る途中に見かけた開けた原野に向かった。

◇◆◇◆◇

「これは良い場所ですね」

「存分に力を揮《ふる》えそうかの？」

巴が巫女さんに確認する。

「はい」

「若も準備はよろしいですか？」

「いつでもいいよ」

「では、儂も下がります」

巴が僕に一礼して、澪と識のいる場所に下がっていった。

当然そこも、何か線引きされているわけではないんだけど、あの三人なら戦闘の余波が飛んでいっても防ぐだろうから心配はいらない。

目の前の白い肌の巫女さんに集中すればいい。

「私の方は万事整いました。ご主人様の準備ができましたらお知らせください」

「……」

腰に大小の刀、手には薙刀か。

それに懐にも何か忍ばせているな。

万事整った、か。

武器で武装するなんて、随分と人間臭い戦い方をする人外もいるんだな。

「ご主人様？」

契約を結ぶと決めて、これから——仮にとはいえ——殺し合いをする相手に、いつまでも敬語ってのはおかしいか。敬語はやめてほしいって向こうが言ったわけだし。

「いつでもいいよ。さっき言ったようにね。一応殺す気でって事なんだから、僕の都合なんて聞かなくていいよ」

「あら……」

小さな呟きとともに、いきなり凄絶《せいぜつ》な殺気が発された。

ご主人様と呼んだ相手に即座に向けるようなものじゃない。

口元の笑みに、終始柔らかだった視線に、初めて感情の火が灯《とも》った気がした。

「っ」

目を離していないのに、巫女さんの姿が掻き消える。

これが速度によるものだっていうのなら、あまりに度が過ぎた代物だ。先輩並みか、あるいは。

直後、狭く濃く展開していた魔力体に衝撃が伝わる。

少し遅れて、まばらに生えた草が揺れた。

転移っていう無茶な術にもまあ、異世界で慣れてきたから、消えただけなら驚かないんだけどね。

本当にタネもなく速さだけでこれか？

「挨拶代わりとはいえ、無傷とは驚きました。流石です。ところで……私、今はまだ名もない巫の身でございますが、名無しと呼ばれるのも巫女と呼ばれるのも、この場にはそぐいません」

どこからか、彼女の声がする。

姿は見えないし、気配がそこら中に点在していて捉えきれない。

明滅《めいめつ》する強い光みたいに、明らかにこっちを撹乱《かくらん》する気で、気配と殺気を放ったり抑えたりしているのが分かる。

大きく息を吸い込んで深呼吸。

慌てる事はない。どうせ、長丁場になる。

今は、ただ会話をすればいい。

「それで？」

「ですから、仮の名を一つ、お教え致します。昔、そう呼ばれた事がある名を」

「助かるよ。正直、巫女さんって呼ぶのもなんだかなあって思ってた」

会話の最中にも、何度か斬撃の衝撃が加えられる。

それとは異なる、魔術らしい衝撃も。

どちらも全く見えない。

素直に大したものだと思う。

誇るだけの事はある。

前から、横から、背後から、僕には届いてないけど、一方的な攻撃が加えられている。

「ふふ。トウダ、かつてそう呼ばれた事がございます。ほんの短い間だけ」

「トウダね、了解」

聞き覚えがあるな。

といっても、さっきの自己紹介を聞いた限り、それが何かの助けになる確証はない。

思い出すより、今戦っている彼女自身に集中した方がいい。

名前がいくつもあるとか、色んな存在と混ざったとか、いちいち気にしていたらきりがない。

とりあえずの彼女の名、それでいい。

力の方は……これから見せてもらえるんだから。

土が抉られて噴き上がる。

強く大地を蹴った跡だ。

視界の至る所で、その様子が展開されていた。

「巴達も驚いてる。凄いな」

この間にも、相変わらず魔力体への攻撃が続けられている。

威力や性質を様々に変え、僕の防御を探ろうとする意図が感じられた。

それを僕に知らせようとさえしているようだ。その後の僕の反応を調べている、ってところだろうな。

――トウダ。

人形のような巫女だと思っていたけど、今の彼女の様子は主体的だ。

戦いになると雰囲気が変わる。

見えない攻撃は止まない。

目で捉えきれないほどの速さで攻撃を続けながら、ずっと自分のターン。

理不尽なまでの強さだ。

ただ……。

「……ふぅ。そろそろやるか」

目で見えなくても、やりようはいくらでもある。

まだ攻撃力が上がりそうな相手に対して不安はあったけど、界を強化から探索・感知に転化。

感じる。

一時も同じ箇所に留まらない、点の動き。

それでいて、僕に強弱織り交ぜた殺意を遠慮なく向けてくる。

もちろん狙いは絞れない。

全くだ。

はっきり言って、こんな相手、狙い撃ちようがない。

だから、狙わない。

点が僕を中心に動き続けているのは分かった。

距離を探る。

トウダが僕から離れる、その限界の距離を。

「名乗ったきり姿も見えないんじゃ、やりづらいよ」

見切ったその範囲全部を、魔術で灼《や》く。

眩《まばゆ》い光が相応の熱を持って巴達のいる近くまで満たした。

詠唱はしない。

極力なんの前触れも見せずに放った。

「ふふふ、まさかトウダと名乗った私に熱で攻撃を加えるなんて」

「なんか久々に姿を見た気がするよ、トウダ。熱はまずかった？」

「火の凶将……なんて別称もトウダにはあるんですよ、ご主人様」

そうなのか。まあ、トウダだから遠田さんじゃないだろうと思っていたけど、もしかして神様の名前だったりしたかな。

意外とト・ウダとかトウ・ダだったりして。

依然としてなんら変わらず僕に殺気を注いでいるくせに、神社で話していた時と同じ表情で口を開くトウダ。

「しかし、随分と殺し慣れている感じがするね」

会ったばかりだし、個人的に恨まれる覚えはない。ただ狙ってくる位置で自《おの》ずと本気具合は分かる。

ただ殺す気でやれと言われて、そうできる人だって事だ。

この巫女さん、トウダは。

「ご主人様も、襲われ慣れてらっしゃいますね。微塵も動じておられない。それに、見た事もない強靭《きょうじん》な障壁も使えるんですね。知りませんでした」

ダメージはなさそうだ。

炙り出せただけ、か。

上出来。

「何故か襲われやすいんだ、この数年ね。それよりさ」

「なんでしょう」

「僕の弓の事まで、神様に聞いてたの？」

トウダの動きはそうとしか思えなかった。

僕の得意とする武器と、その命中力を前もって知っているとしか。

果たして、そこまでの事前情報が与えられているのか。もしそうなら、どうして界や魔力体について は知らないのか。疑念というほどじゃないけど、少し引っかかる。

「珍しい才能をお持ちとは伺っております。ただ、内容までは」

「あ、そう」

答えないか。

弓の事は知っていて、界は知らない。

現時点の戦い方のスタイルは、僕の経験で探すと響先輩に近い。

近いというか、速さ主体で丸かぶりだ。

先輩はここまで動き続けるような事はしてなかったのと、僕の中距離、遠距離攻撃への警戒度が違っているくらいだな。

攻撃の瞬間も姿が見えない分、トウダの方が面倒臭いかもしれない。

「さて、では」

「うん」

「殺し合いを続けましょう」

トウダの姿がまた消え……なかった。

その場に留まった彼女の両手から、溶けた鉄の色をした紐《ひも》っぽいものが一本ずつ出現していた。

薄い笑みを浮かべた巫女の姿は消えない代わりに、それらが一瞬うねって消える。

紐じゃない、鞭《むち》！

これまでとは異質の衝撃を、魔力体を通して感じた。

なるほど……姿を消さずにやってみせるって事は、僕も彼女に試されているんだ。

へぇ。

なんか、戦っている気がしてきた。

◇◆◇◆◇

『……』

トウダを名乗る巫女と真との戦いを観戦する三人は、無言で戦況を見守っていた。

感じるものがなかったわけではない。

真の従者である三人は、それぞれに考えを巡《めぐ》らせていた。

(やりおる。契約前で比較するなら、確かに儂や澪よりも上じゃ。若を前にして殺意を保ち、なおも試そうとする。読めんままの気性も臆病《おくびょう》ではない。あれを従者とすれば、若と女神の戦いの助けとなる事だけは間違いない)

巴は、炎の鞭が荒れ狂う中で数々の武器を手に真に攻めかかる巫女の姿を、細めた目で観察していた。小型の投擲具《とうてきぐ》に棍《こん》、短剣と、まるで武器の見本市を見ているかのような光景だった。

魔術の制御を当然の如くこなし、かつ多様な武器で間合いを問わずに戦う。並みの者には絶対にできない芸当だ。

（ルトのそれとは違って、享楽《きょうらく》ではない。だが純粋に敵意とも憎悪とも取れん。最初に目が合った瞬間、ほんの刹那《せつな》に感じたあの気配の意味は一体……。儂の気のせいではないと思うんじゃが……）

後の言動と仕草のどれとも一致しない、最初の一瞬だけの反応。

巴は巫女に感じたその瞬間の気配に、疑問を抱いていた。

一方で戦場では、真を中心に風が集まり、上空まで届く竜巻を形成していた。

さらに、竜巻に炎の鞭が触れ、両者は溶け合って凶悪な紅《あか》い柱と化す。

（若様だけじゃなく、私達をも探る目でした。大体名前がないなんて、名乗らない理由になりません。ならば名がない旨を若様に最初にお伝えすればよいのですから。それに、ここに来てから突然に名乗って見せたりして。今もそう。一つ一つ若様や私達を試しているみたいで、どうにも気に入りません）

澪は巫女がさりげなく真と自分達に向けていた観察の目、それから試そうとしているとも取れる巫女の行動に不快感を抱いていた。言葉の全てが正しいようで、しかし薄っぺらくもある異質な印象を感じているのも、不快の原因の一つだった。

（識を特に気にしていたのだって変です。好意を向けている様子じゃありませんでしたもの。あれは好ましい人を見る目じゃありません。あれこそ観察です。今だって、若様の力を試そうとしている。……本当に気持ち悪い女ですわ。何を考えているのか）

戦いの様子を見ている澪は、巫女の力については特に感想を持っていない。

誰が強いかなど、彼女にとってはあまり意味がないのだ。

真を上回る存在でないと見抜いた。だからもう、巫女の真を試す行為が不快なだけで、彼女の力には興味を持っていなかった。

紅い柱が中から引き裂かれ、真の魔力体が姿を露見させる。

巫女の魔術にも全く砕ける様子がない。

だがトウダも退かず、動揺を一瞬で抑え込むと、次の手を繰り出した。

間合いを詰め、腰の刀で一閃。

魔力体に阻まれるも、その軌跡を凍《い》てつかせた。

連撃によって、魔力体があっという間に氷で固められる。

（視認どころか気配を感じる事さえ困難な速度を持ちながら、わざわざ若様の前に姿を晒す戦い方にシフトした。試しているのか。愚かな。だが……巴殿や澪殿にはあまり興味を向けなかったのに、若様と私には妙に興味を持っている様子だった。その意図はなんだ？　最初の戦い方は若様の特性を知った上での選択だが、そこに魔力体は考慮されていなかったように思える。分からんな。分からんが……少なくとも強い。若様が戦力を所望されるならば、納得できる力ではある）

識は巫女が自分に向ける視線の意味を、恐らく誰よりも理解していた。

それは、識のような人種にとっては珍しいものではなかったから。

観察、わずかな情報でも探り出そうとする目。

好意などとは全く異なる、好奇であり、興味だ。

巫女の意図を見抜いていたからこそ、識もまた彼女が口にした茶番を切り捨ててみせた。

今、巫女と真の戦闘を見ていて、実力だけは確かだと感じた識。

彼は異界の神の使いだという、実質〝まったくなんの身元の保証もない女〟の素性《すじょう》を探ろうと思考を走らせる一方で、不意に唇を噛みしめた。

——真が戦力を欲した理由。

それは、自分達や亜空を案じての事だと容易く分かるからだ。

真は女神と戦おうとしている。

しかし近しい者を犠牲にしたくないとも考えている。

ならば、力ある協力者や仲間は多い方がいい。

巴と澪がなんと答えるか識には分からないが、彼自身が真に〝女神との戦いから無事に戻る自信があるのか〟と聞かれたなら、今は頷く事はできない。

だから、悔しかった。

もし巴、澪、識の三人が真とともに女神を相手にして勝って戻る自信があると明言できるほど強ければ……あるいは真は、この巫女を従者として迎える気にならなかったのではないか。

識はそう感じていた。

(せめて私が十三階梯だけでもマスターできていれば……な)

識は自虐的な笑みを浮かべる。

真達のいる場所から発生する強烈な余波が、三人の従者の髪や服を幾度も揺らす。

その程度で済んでいるのは、三人が周囲に障壁を展開しているからだった。

一方、発生源である戦いは、加速度的にその激しさを増していた。

凍ったままの魔力体の腕をロケットパンチにして発射する真。

対するトウダは、短い詠唱で手元に白色の光を集束させて放ち、氷の拳《こぶし》を撃ち抜く。

拳を砕いてなお真に迫った光は、彼の直前で一転、闇と化してその周囲を漆黒に染め、視界を閉ざした。

識が戦いの場に向けた目を横に移す。

その先には巴がいた。

「巴殿。そろそろお開きにした方がよろしいのでは？」

「ん、うむ。そうじゃな。若と契約する強さだけはありそうじゃ。若の加減がきいとるうちに終いにしてやるか」

「ええ。このままいけば若様が……」

結論に達したかと思ったところで、澪が異を唱えた。

「何を言ってるのです、識。巴さんも。若様がせっかく楽しんでおられるんですから、決着まで黙って見ていればいいのです」

「澪。お前は若が殺す喜びに身を浸しても構わんというのか。いや、お前は確かにそれでもなんの問題もないのかもしれんがの」

巴の表情が歪む。

対して、澪はきょとんとした顔をしていた。

巴は真が先日召喚した門に対して何をしたか理解していただけに、彼がまたその心境に到達するのではないかと心配していたのだ。

識もまた、巴の意図を肯定するかのように頷いていた。

しかし澪は、はてと首を傾げる。

「殺す喜び？　なんの事です？」

「先日召喚した門じゃよ。若の怒りに触れた、あの」

「ああ、笑っておられたとか」

「そうじゃ。若自身あまりご自覚がないようじゃったがな。あれがもし、殺し、壊す喜びに目覚めかけておられる兆しなら……」

「今の若様にその兆しがあると言うんですか、二人は」

澪の言葉に、巴と識はどこか神妙な表情で頷いた。

真の姿は闇に包まれたまま。

しかし、高速のブリッドが精密にトウダを襲う。

「ぷ、うふ、うふふふ」

二人の顔を見て、澪が笑い出す。

「なんじゃ、いきなり」

「どうされました？」

「だって、あまりに見当違いな事を心配しているんですもの。おかしくて」

「……見当違い？」

少しの間の後、巴が澪に聞き返した。

「ええ。若様は殺しを喜んだりする方じゃありません。今嬉しそうになさっているのは、次は何をしようか、どんな事をやってみようかと、ご自身の内から次の手を生み出していくのが純粋に楽しいからですわ、きっと。笑みの表情？　あんなもの、ただの癖みたいなものでしょう」

きっと、と言いながらも澪の口調に推測の色はない。知っている事を話している様子だ。

「癖？」

「ええ、単なる無意識の所作に過ぎませんわ」

「何故お分かりになるんです？」

識はその自信の根拠が気になって、つい質問した。

「何を今更。そもそも殺すだの壊すだのに喜びを感じるのは、命や物に何かしら強く執着するからですよ？」

「……」

「若様にはどちらに対してもそれがありません。ですから、殺す行為に酔うなんて、絶対にありえません。何故かと聞かれたら、そんなところですわね。二人とも、若様のお傍にいて気付いていませんでしたの？」

澪に問われるが、識と巴は口を噤《つぐ》んだまま。

「ほらほら、見てくださいな。あの巫女、武器も使い果たして魔力も相当消耗しています。亜空であんな魔力の使い方をするのは悪手《あくしゅ》ですわ。周囲の力を利用するにしても、そこら中に魔力が溢れている所で戦うのとはわけが違いますものね。そのやり方を知らないんでしょう」

「澪、お前。どうして若が命に執着していないと思った？」

巴が険《けわ》しい顔で澪を質《ただ》した。

「？　巴さん？」

「何故、そう思った？　教えてくれんか」

「怖い顔をして、一体なんですか。分かりやすいところでしたら、若様が命の大切さとかそういうのを口にする時って、凄く……言葉が借り物みたいなんです。まるで誰かの言葉か、どこかの本から持ってきたようなものばかりで、若様が本当にそう思ってるようには聞こえない、とでも言いましょうか。あ、もちろん例外はありますよ？　若様は身内だと感じた者の命は凄く大事に扱う方です。それは……あ！」

澪は聞かれた事に答えつつ、言葉を途中で止めた。

「借り物、か……」

「巴さん。終わりそうですよ」

巴は何か言いたげだったが、澪の指摘で巫女の様子に目を移す。

闇から抜け出した真が、魔力体を纏ったまま突進をかける。

突進と、その後に繰り出された振り払うような腕の動きも、トウダの体に触れる事はなかった。

真が上を見る。

巫女の衣装の端々を損傷したトウダの姿がそこにあった。

「……ああ。火、水、風、土、光に闇に無属性まで自在に扱ってあの身のこなし。何が〝誇れるのは速さくらい〟じゃ。一通りこなす上に、得手《えて》は近接戦闘技術が剣に槍、魔術が火に風。質は言うまでもなく、速度か。あれで器用貧乏と言うつもりなら、完全に嫌味じゃな」

嫌味なほどなんでもこなす存在――巴はトウダの力をそう評価した。

不意に、彼女の脳裏にルトの姿が浮かんだ。

「あ、若様がアズサを」

識の呟き。

言葉の通り、真がブリッドを放ちながら、いよいよ弓を取り出して構えていた。

トウダは迫るブリッドを防ぎつつ、さっきよりも長い炎の鞭を生み出して発動の直前のブリッドを打ち消すなど、相変わらず器用な真似を続けている。

しながら、その様子に緊張が滲んでいた。

速力を活《い》かそうにも、精密射撃がガトリング砲並みの連射で撃ち込まれる状況で、タイミングが得られないでいる。

三人の従者とトウダの意識が、真の番《つが》えた矢に集中する。

そして……。

「この上で、あれか」

巴だ。

トウダと真のいる場所を両側から包み込むように――

彼女があれと言ったモノ、白銀の腕が、無機質な手のひらを広げていた。

包まれている空間が、微妙に歪んでいる。

トウダの表情もまた歪んでいた。

ブリッドの迎撃がなくなり、巫女の防御が障壁のみになる。

当然、それだけでは防ぎきれず、少しずつ負傷が重なっていく。

一対の腕が徐々に近づき、包み込む空間が小さくなっていくのと比例するように、その空間内の景色がレンズ越しに見るように歪みを増していった。

真のブリッドが止む。

巫女は見えない何かに締め上げられている、そんな身のよじり方をした。

腕が真とトウダのいる空間になんらかの制約をかけているのは明らかだが、真は弓を引いた姿勢のまま。

やがて〝腕〟は空中で捕らえられた巫女を包む場所で止まった。

「ブリッドと弓に意識を集中させておいて、自分ごと動きを封じましたか。お見事ですね」

「言わばこちらのホームでの戦いとはいえ、あれだけやる相手にさえ涼《すず》しい顔で済ませられる若が、いっそ面白いのう」

識と巴が感嘆の呟きを漏らす傍ら、澪は満足げに微笑む。

「当然の結果ですわ」

足をもがれたも同然の巫女と、地上から彼女に狙いをつける真を見て、三人は戦いの終わりを察した。

◇◆◇◆◇

「終わりだね」

僕は空中に捕らえたトウダを見上げて話しかけた。

狙いはもう、つけ終わっている。

「……う、うぅ。まだ」

「大した体力と器用さだったよ。火の凶将とか言ったくせに、氷とか風とか、なんでもかんでも使ってくるし、焦った焦った」

「全てを捌《さば》いたご主人様に言われても。しかし、トウダと呼ばれた事があったのは事実です。それにまだ……戦いは続いています」

彼女は肩で息をしながら応える。

「まだやるの？　体力はともかく、魔力はもうほとんど残っていないようだけど？」

全部使い切ったわけじゃないだろうが、トウダの体に残っている魔力は微弱だ。

彼女は結構大技を連発していて、僕のブリッドにもカウンターを放っていた。

ただ、魔力が無尽蔵《むじんぞう》にある僕ならともかく、この亜空であんな詠唱の魔術の大技を次々使うのは良くない。

通常の詠唱は、ある規模を超える術のものならどれでも、周囲や精霊の魔力を借りて行使する仕様になっている。大量の魔力を自分一人で全部賄うのは現実的じゃないからだ。

一発撃ったらぶっ倒れかねない魔術なんて、使い勝手が悪すぎる。

でも、亜空にはそもそも大気の中に溢れる魔力なんてものはない。

木や草、動物の中には濃く存在するから、魔力が濃密に存在する場所だと錯覚《さっかく》してしまうんだけどね。

注意深く魔力の出所を意識すれば分かる事だ。

だからここで普通に魔術を使って戦うには独自のコツがいる。

トウダは、それを知らなかったみたいだ。

「私はまだ動けるし、武器も残っています。戦意も失っていません。まだご主人様を、殺す気ですよ、私は」

殺意以外の感情が見えない言葉が、トウダから僕に降ってくる。

はぁ。

囮《おとり》のつもりだったけど、一発当てるしかないか。

上手い事、彼女に刺さったところまでイメージできなかったから、必中までしかできなかったんだよな。

先輩の時も妙に難しく感じたんだけど、僕のイメージだけじゃなくて、他に何か条件があるんだろうか。

うーん。

「じゃあ、悪いけど、当てるよ」

「勝利とは、相手を最低でも無力化させて初めて言える言葉です。どうぞ」

ん？

一瞬、挑むような目になった、気がした。

ソフィアみたいに正真正銘のバトルジャンキーな人なんだろうか。スサノオ様や大黒天様からの紹介という事もあって、そんな馬鹿なと切り捨てられない疑惑だな。

ともあれ、戦いは終わりだ。

トウダの胸から少し狙いを逸らして、肩口を射抜く。

悲鳴はない。

彼女はそのまま落下した。

「すぐ治療させるよ。お疲れ」

巴達を手招きする。

「……完敗です。見事な一撃でした」

「そう。あ、僕の事だけどさ、ご主人様って柄《がら》じゃないから、呼び方は改めてほしい」

「どのように、お呼びすれば？」

「真か……まあ、皆が呼んでるから、若で」

すっかり若様だもんなあ。

もう流石に変更は難しいだろうし、呼ばれ慣れてきているのも事実だ。

「分かりました。では真様、不束者《ふつつかもの》ですが、どうぞよろしくお願いいたします」

「こちらこそ。あ、トウダ。ちょっと聞きたいんだけどさ」

神社で尋ねようと思っていた事を思い出した。

「なんでしょう」

「境内にあったあの大きな木。それから参道でも何本か見かけたんだけどさ。あれって、桜だよね？」

「はい。あいにくとソメイヨシノはございませんが、何種か桜がございます」

「やっぱり。じゃあさ、桜が咲いたら境内で花見をさせてもらってもいいかな」

「あの社《やしろ》は真様のものです。どうぞ、お好きなようにお使いください。なんでしたら、少し早いですが、咲いてもらいましょうか」

肩から矢を生やしてぶっ倒れている女性との会話にしては、日常的すぎて異様な雰囲気だった。

しかしながら、そんな中で聞き流せない一言があった。

「咲いてもらうって、え？」

「その程度の融通でしたら可能ですよ」

火属性だと言いながら多彩な戦い方をしていたし、妙に器用な人だな。

トウダってのも、正に名前の一つって事なんだろう。

でも助かる。

「なら、お願いするよ。ちょっと懐かしい気分でさ、皆で花見なんてのもいいかなって思っていたところなんだ」

神社に皆を連れてきて、花見もやる。

一石二鳥じゃないか。

そんなやり取りをしていると、巴達が到着した。

僕が頼むまでもなく、巴と識がトウダの治療に入る。

「お疲れ様でした、若様」

澪は僕に手拭《てぬぐ》いを差し出してくれた。

汗はかいていなかったけど、せっかくだからお礼を言って受け取る。

神社、か。

社のある方に目を向ける。

お寺にパルテノン神殿もついているけど、多分普通の代物じゃないよな。

聞きそびれたから、とんでも機能があるなら後でちゃんと聞いておこう。

……いや、普通が一番だとは思っているよ？　とはいえ、いた巫女さんが巫女さんだからなあ。

でも、嬉しい。

やっぱり嬉しいね。

流石に神社は、作り方という面ではまるで知らなかっただけに、完成品がいきなり出てきてくれたのは本当に嬉しい。
折々にはお参りに行って、いずれはお祭りなんかもしたい。
亜空でそういうの、根付いてくれるだろうか。
皆にはどう説明しよう。
海に続いて贈られたとんでもない贈り物に、僕は顔が緩《ゆる》むのを感じていた。

8

ゆっくりと慎重に、ローレルの巫女チヤは、この数日の事を思い出す。

自分の報告がどれだけの重みを持つものかを、彼女は知っていた。

上位精霊の降臨、そして彼女はその加護を受けた。水の上位精霊の巫女でありながら、土と火の上位精霊からも加護を授かったのだ。

「正確には、あの場にいた全員が、だけれど」

そう、クズノハ商会と一緒にいた全員が、ベヒモスとフェニックスから力を授かった。

生まれてから巫女になるために努力してきた自分は、一体なんだったのだろうと思える。だが、あの場に存在したアンデッドは間違いなく強敵で、魔将に匹敵する――あるいは、それを凌ぐほどの化け物だった。

全身から放たれる禍々しい瘴気、爛々《らんらん》と輝く瞳には、憎悪を凝縮《ぎょうしゅく》した光が宿り、息を吸うように、周囲にアンデッドを生み出しては使役した。

もっとも力という意味では、同行していたクズノハ商会はその上を行く化け物揃いだった。

上位精霊を個人で召喚しておきながらケロッとした顔をして、ネビロスという、精霊も驚愕するアンデッド相手に、焦る様子も見せない。

「ナイトフロンタルは、人が足を踏み入れて良い場所ではなかった。彼らが一緒だったからこそ、簡単に帰ってこられただけ。私は巫女でありながら、気休め程度にしか役に立てなかった……」

なんて惨い事だろうと嘆息する。

あそこでは、一商会の持つ絶対的な力だけが寄る辺《よるべ》であり、巫女として人の心を安らげる立場にある自分でさえ、彼らの振舞いと言葉に助けられっぱなしだった。

ならば、善意や優しさ、誠実さなどは、一体なんの役に立つのだろう。

「力。それだけが全てではないにせよ、力なき者の言葉はあんなにも脆《もろ》くて、弱い」

チヤは痛感させられる。

かつてライドウの本質を心眼で覗き、自爆した身には一層辛い。

その時のイメージを引きずったままナイトフロンタルに同行して迷惑ばかりかけ、力の差、存在としての格というものを見せつけられた。

あの男、ライドウにとっては、今回のナイトフロンタル調査も望外の結果も……きっと、全て気紛れの施しにすぎない。

ジョイ＝ユネスティは、神や精霊の位階とたとえたが、なるほどと頷かざるを得ない妙がある。

「響お姉ちゃんのためにも、ローレルのためにも、私……もっと強くならなくちゃ」

ライドウへの認識は改めなくてはいけない。

勝てない、危険、世界の脅威。

全て事実だが、それだけではないのだと。

彼は施しもして、人も救う。

ヒューマンも亜人も。

賢人も、奴隷さえ構う事なく。

初対面から憧れの存在になった勇者と同じような一面も、彼は確かに有しているのだ。

思えば、育ての親でもある中宮――彩律は、早くからライドウとの距離を詰めて良好な関係を築こうとしていたように思う。

「私には見えてないものを、彩律はきちんと先に見据えていたのかもしれない」

怖くても、恐ろしくても、見なくていいものばかりじゃない。

世界はそんなに優しくはないのだから。

そして、チヤは認めなくてはいけない一つの感情――あるいは認識とも、向き合っていた。

「もしも。先に出会っていたのがお姉ちゃんじゃなく、彼だったら。私は、どうしていたんだろう……」

振り回されながらも、結局はライドウと一緒に行動していたのではないだろうか。

勇者響にそうしたように協力しながら、いずれローレルに連れて行ったのではないだろうか。

強大な力を持っている存在だと認識しながら、それでもライドウの優しい部分にもきちんと目を向けていたのではないだろうか。

様々な〝イフ〟が、チヤの中で生まれては消える。

所詮《しょせん》は妄想《もうそう》にすぎないのは、彼女も理解している。

ただ、出会った順番でこんなにも印象が変わる人物だったんだなと、ふんわりとライドウを理解していた。

「後は、あの娘、由依様の能力。あれは巫女が有するものに似て、遥かに強大な能力だった」

名はカウンセリング。

ライドウらが正気に戻したネビロスと色々今後の話をしている間、由依と名乗ったスペクターは、昔話や自分の能力について、チヤに詳しく説明してくれた。

それは、いざとなれば自分の命と引き換えに複数の強敵と相打ちにできる壮絶な力であり、平時には多くの人々を救える優しい力だった。

カウンセリングの最中、前置きなく仕掛けられ、繰り返される問いかけは、どれも不自由で残酷な選択を迫ってきたけれど。

きちんと説明して活用すれば、沢山の人を救う素晴らしい能力だと、チヤは思う。

そんな力を持つ由依と父親をローレルが拒んだ事について、彼女は申し訳ないと謝罪した。

そして今回の一件は、賢人を無条件に庇護するローレルにも闇はあるのだと、自国の憂《うれ》いに目を向けるきっかけになった。

浄化の儀式に入る前、チヤは思い切ってカウンセリングの結果を聞いた。

あの能力には、きちんと結果が残る。

当然だが、由依はそれを知る事ができる。

だからチヤは、自分と……そしてライドウの結果を彼女に尋ねた。

向き合わなくてはいけない自身の課題と、自分が視たライドウとの差異が、どうしても気になったのだ。

「日本の匂いが色濃く残る、稀有な人」

最初に由依がチヤに打ち明けた彼の診断結果だ。

あからさまにおかしかった。

由依の印象でしかないような、曖昧な答えだった。

恐らくは、何か口にしがたい結果だったのだろう。

しかし、チヤはそれを知りたかった。

相手は残滓とはいえ賢人、無理に追及するわけにはいかなかったが、最後に由依は浄化に向かう前に、逡巡《しゅんじゅん》しながらもチヤの耳元でそっと真実を呟いてくれた。

「コレハヒトデスカ？　と逆に聞かれたわ。こんなのは初めて」

そして、貴方の胸の裡にだけ留めておいてもらいたいと。

彼は必ず苛烈《かれつ》な道を進むだろうから、できる範囲で助力してあげてほしい――そんな難しい願い事を遺《のこ》された。

どちらもローレルの巫女という立場を考えれば、不可能に近い。

しかし……せめてこの程度の事はしなくては、賢人への礼節も果たせず、ライドウへの恩義も返せないのではと、チヤは考えはじめている。

――これは人ですか。

ああ、と納得する。

「私の心眼と由依様のカウンセリングは、きっと似たような輪郭を答えとして得た。彼は間違いなく特殊な精神性を有している。でも……」

きっとこれは、ヨシュアや響も既知の事だ。

二人は相応の警戒をした上で、それでも彼を無視できない存在と判断し、敵味方の色分けをまだしない道を選んだ。

であれば、カウンセリングの件やその結果については、報告を上げなくとも大局を左右しない。

だから大昔とはいえ、不義理をした元賢人の願いはなんとか叶えられる、と彼女は思った。

そしてもう一つの願いも、自分はともかくとして、彩律の行動を妨害せずに見守る事で叶えられるのでは、と考えていた。

狡《ずる》い。

けれど、それが今の自分にできる精一杯の事だと、チヤは思った。

後はシャトーユイの歴史とその顛末を個人的に調べて知っておく。

これはチヤにとってのけじめというか、決意だった。

中途半端ながら知ってしまった以上、公言するかはともかく、何があったのかはできる限り知っておきたい。

相当昔の話らしいが、リミアに伝わる〝賢王問答《けんおうもんどう》〟とかいう言葉のもとになった故事に、ヒントがあるらしいのは分かっている。

ただ、巷に出回っている表立った知識は歪められているようだから、もしかしたらホープレイズ家にも協力を仰ぐ事になるかもしれない。

今回チヤの中でこれまでと一番変わった部分は、かの貴族への見方かもしれない。

空木親子の話を事実に近いものとするなら、ホープレイズ家はかつて、立場を危《あや》うくする行動だと理解しながら彼ら親子のために王家に楯突《たてつ》いた。

賢人のため——いや、この場合は友人のためか。

チヤにとって、権力闘争にしか興味がない醜悪な旧態依然とした貴族の象徴だったホープレイズの印象は、大きく変わりつつある。

油断できない人物である事は忘れず、されど話の全てを否定するのは乱暴だと思うようになった。

「あ、ジョイさん！」

城を歩くチヤは、前方からこちらに向かってくる旧知の人物を見かけて声をかけた。

ジョイ＝ユネスティ。

ナイトフロンタルを共に生き抜いた仲間だ。

彼だけでなく、エンブレイ商会の代表や、既に解放された元奴隷の三人は、チヤにとってかけがえのない仲間のような友人のような存在になっていた。

時が経てば多少は印象も薄れていくかもしれないが、今は響に次ぐ友人だとすら思える。

「チヤ様！　お二人に報告ですか？」

「はい！　ジョイさんも？」

「ええ、オズワール様の婚活結果もはっきりする予定で」

苦笑して答えるジョイの様子も、様付けではありながら、どこか親しみがある。

あれから、ルーグとアニス達を含めて一緒に食事にも行った仲だ。

楽しい夜だった。

いずれ自分が酒類を嗜めるようになってから、また是非機会を作りたいと密かに思っているほどにだ。

「じゃあ、一緒に行きましょう！」

「喜んで。私としては、あそこから生きて戻れた時点で、もう姉の件は半分はどうでもいいというのが本音ではありますが」

「悪い方悪い方に転がり落ちている感覚でしたもんね。上位精霊様召喚からのネビロスですから」

「まったく。口論の領域とはいえ、アレをやり込めたアニスには感動すら覚えました」

「分かります!!」

チヤは全力でジョイに同意した。

「そういえば、チヤ様はご存知ですか？　あの三人、ナイトフロンタルだった場所がこれからどうなろうと、クズノハ商会に頼んで、あそこの一画にコテージを建ててもらうそうですよ。こっそり話もつけていたとか」

「アニスさん、すご……」

「絶望からの大逆転……私もですが、何か思うところはあったのでしょうね、彼女も」

「三人って事は、皆で何か商売でもするんですか？」

「かもしれませんね。そうであれば、頼ってくれなくても無理矢理協力しますが」

「私も是非仲間に入れてください」

「かしこまりました」

そんな他愛のない――だが楽しく愉快な会話をテンポよく交わしながら、二人はヨシュアと響が待つ部屋の扉をノックした。

ほどなく入室の許可が聞こえてきて、ジョイが扉を開ける。

以前は少し大人しくおどおどした印象だった彼だが、今は一皮剥けたのか背中に一本筋が通ったかのように堂々とした様子に見える。

言うまでもなく、あの地での経験が原因だろう。

「チヤちゃん、ジョイさん、お帰りなさい。大変だったようね」

慣れ親しんだ響の声が耳に入る。

やや疲れた様子はあるが、恐らくジョイには分からないほんのわずかな変化にすぎない。

立場と現状を考えれば、むしろ超人的なほどしなやかで頑強でさえある。

強くて優しくて美しい。

まったく、響はチヤにとって憧れの女性《ひと》そのままだ。

賢く、諦めない。

理想の体現どころかその先を行く、頼もしい目標だ。

「瀑布のリュカ様により、ある程度の事情は既にご存知との事ですが……」

そう切り出したジョイに、ヨシュアが応じる。

「ええ。本当にお疲れ様でした、ジョイ＝ユネスティ。いくつかこちらから確認させてほしい事があるだけで、そう厳しい報告を求めるつもりはありませんので、ご安心を」

ナイトフロンタルの決着は、王家にとっても概ね好ましいものだったはずだ。ただ、ヨシュアも響も手放しで状況を喜んでいる様子はない。

チヤ、ジョイ両名の無事を心から安堵しているのは間違いないが、悩ましい問題が他にも数多く残っているのだろう。

問題が政治となれば、他国の要人であるチヤにできる事は限られる。

時にその立場が唯一の武器になるケースもあるが、知識も経験も足りない彼女が、目の前にいる二人の役に立てるかというと、それはなかなか難しい。

「ところで、その……私事でもあり恐縮なんですが、姉は結局、オズワール様とどうなりましたでしょうか？」

「当然の質問かと。はい、おめでとうございます、ジョイ＝ユネスティ。メリナ嬢はオズワール殿の正妻として迎え入れられる運びとなりましたよ」

ヨシュアは勿体ぶるでもなく、陰謀《いんぼう》の結末をさらりとジョイに告げた。

オズワール＝ホープレイズ。

彼はヨシュアの用意した治療中のハーレムで、見事に嫁を選んだらしい。

相手は見事ジョイの姉、メリナになったと。

これでユネスティ家とホープレイズ家は強い結びつきを持つ事になる。

ジョイとユネスティ家にとっては大きな躍進《やくしん》だ。

ただ、万事思惑通りという割には、ヨシュアの表情は芳《かんば》しくない。

響についても同様だ。

はて、とチヤは首を傾げる。

「正妻、という事は、同時に別の方も見染められたので？」

ジョイの質問を聞き、チヤはああ、と納得した。

なるほど、つまり同時に二人か三人を娶《めと》る事にしたのかと。

貴族、特にホープレイズ家のような大貴族には、さして珍しくもない。

むしろアルグリオの血を引く子がオズワールしかいない現状で、妻が一人というのでは心許《こころもと》ないと思う方が普通だ。

「……そこが、問題なのよねえ。ヨシュアがやりすぎたとも言えるから、こちらのポカでもあるし？　ねえ？」

「う」

響の物言いに、ヨシュアが珍しく反論もなく言葉を失う。

ヨシュアもまた、相当の策士であり、二重三重の策などは当たり前で、時に目的の達成のためなら手段を選ばない人物だ。

ヨシュアがポカをするなど、チヤが思い出せる限りでも今回のナイトフロンタルくらいだろうか。

それも念話による連絡がつかず、チヤが勝手な判断をしたから起きた不慮《ふりょ》の事態で、厳密にはヨシュアのミスではない気がする。

アルグリオの思考の瞬発力と決断力が一瞬上手だっただけ、言うなれば、ホープレイズ側のファインプレーだ。

「結婚は上手くいったのに、失敗なの？　お姉ちゃん」

「流石はホープレイズの血というところかしら。あの男、オズワール＝ホープレイズはね」

響は一瞬の溜めを作って、チヤを見つめる。

覚悟はいい？　と問われているような間だ。

よく悪戯《いたずら》でチヤが響に遊ばれる時の、いつもの時間だった。

不思議な安堵もあってか、チヤもまたお決まりに従ってゴクリと唾を呑み込んで待つ。

何故かジョイも彼女に倣っているのがまた場を面白くしていた。

「ヨシュアがあてがった七人全員を妻に迎えたのよ。まるで凱旋《がいせん》するみたいに、領地の父に妻達を紹介しに向かったわ」

もちろん、腕の再生も含めて全快した上で――と、響は付け加える。

しかしそこはもう、チヤとジョイの耳には入っていない。

「ええーーー!?」

「な、七人全員ですって!?　その正妻が私の、姉!?」

案の定の反応である。

ヨシュアも響も苦笑して、二人の反応を楽しむ。

全く予想外の展開だった。

そこまでの甲斐性《かいしょう》を持った男だとは思っていなかったし、それなりの格を持つ女性を用意した以上、貴族の家同士の繋がりとしても、多すぎると場合によっては厄介なものになりかねない。

数人くらいは予想の範囲内だったヨシュアも、まさか全部娶るとは思いもよらない結果だった。

しかも、非公式の愛人は一人もいないのだ。

正妻と側室。

全員が、正式に、嫁なのだ。

万が一オズワールが嫁全員を心から愛し、仲睦《なかむつ》まじい夫婦関係が維持された場合、王家にとってもあまり面白いとは言えない影響がでかねない。

一夫多妻は世の常とはいえ、それぞれ立場がある七人の女を背後関係ごと全員愛してトラブルなし、八家の関係盤石《ばんじゃく》なり――などという奇跡は、ヨシュアにも響にも想定の限界を超えていた。

あまりに非現実的だからだ。

オズワールはとんでもない爆弾を持って帰ってくれた事になる。

それでも、一抹の不安は残る。

この一件が、クズノハ商会案件だからだ。

ありえない事が、起こるのだ。

奇遇にも、この場にいる全員が――直面した問題は違えども――それを目の当たりにしている。

ゆえに、誰も笑い飛ばせない。

持ち帰らせた不良品の爆弾が、生涯着火も爆発もする事なく終わるかもしれないなどという、限りなく薄い可能性を消去できずにいた。

その場合ホープレイズ家が手にする影響力は王家を超えかねない。

「ナイトフロンタルの王家に対する献上の件もあります。あの広大な死の沼地が、花が咲き誇り清水の湧く草原に変わるのを……二人は実際に、見たのですね？」

ヨシュアに確認されたジョイとチヤが、揃って頷く。

「はい、確かにこの目で。伝説に語られるアンデッド、ネビロスも、精霊を喰らって黒い蟲《むし》に変貌させせる樹も、あの楽園のような一面の花の草原も」

「土と火の上位精霊の召喚に、リュカの助力、一帯の瘴気の浄化、アルグリオさんのナイトフロンタル献上の意思。全部、私も見て、聞いたよ」

ジョイとチヤは互いに目で確認し合って、ヨシュアに冒険者カードを差し出す。

そこには二人の称号に関わる情報欄が展開されていた。

チヤがアルグリオを〝さん付け〟で呼んだ時、響が一瞬反応したが、それはすぐに消え、ヨシュア以外に気付かれる事はなかった。

「ベヒモスの加護と祝福、フェニックスの加護と祝福、それにリュカの……これは響と同じですか。認めざるを得ない証拠、ですね」

「エンブレイ商会の代表と、連れて行った奴隷三人にも同様の称号が与えられたのよね。彼らにも一度話を聞かなくちゃいけないわね。そのナイトフロンタル、どこかで一度視察に行かないわけにはいかないわよ、ヨシュア」

冒険者カードを覗き込んでいたヨシュアと響が顔を上げた。

「分かっています。あのリュカがメイリス湖から引っ越すとまで言っているんです。領域、領土の線引きも必要ですし……ああ、そうなると、私もついに上位竜に乗って空の旅を楽しめますね！　なんて波乱万丈な人生でしょう！　素敵としか言いようがありません!!」

プッンと何かが切れたのだろう。

ヨシュアは明るく楽しげな口調で目を見開き、笑い出した。

「気持ちは分かるわ。……真君、うちを魔族以上に引っ掻き回してくれちゃってもう……はぁ」

恨み言を言おうにも、既にクズノハ商会はリミア王国を去っていた。

嵐は多くの破壊と恵みをもたらす。

しかし流石の勇者と腹黒王子をもってしても、最初から全ての影響を制御仕切るという計画は絵空事だったのかもしれない。

理想的な王都移転候補地の確保。その代償は果たして……。

◇◆◇◆◇

——一方。

そよ風に色とりどりの花が揺れる心地よい空間で、老齢にさしかかる男が一人、景色を見つめながら佇《たたず》んでいた。

見渡す限り人工物がないその土地で、彼がいる場所だけは簡素な東屋《あずまや》があった。

彼の目の前には、既に何度も目を通して精査に精査を重ねた報告書が置かれている。

男の名は、アルグリオ＝ホープレイズ。

彼は言葉を発する事なく、沈黙を続けている。

そんなアルグリオの脇に、いつの間にかもう一人男が立っていた。

「……流石の貴方の目をもってしても、この結果は見通せなかったようですね」

「……ルーグか」

「はい、お呼びと聞き、参上いたしました」

「オズワールの事、既に知っているな？」

「噂話程度には。なんでも、お体を治す際に妻となる女性を見染《みそ》められたとか。おめでとうございます」

「問題は人数だ、七人ときた」

「……では本当に、一度に七人もの女性と結婚なさるのですか？」

そっと東屋が作る影に入ってきたのは、旧知の知り合いであるエンブレイ商会代表、ルーグ。

二人は数多《あまた》の政争を共に勝ち抜いてきた戦友だ。

両者の長い関係は、お互いの感情や表情のわずかな変化を気付かせるのに充分な濃さを有していた。

アルグリオはルーグの――ルーグはアルグリオの――心境が揺らいでいるのを、確かに感じていた。

「あれが私の言葉にあそこまで強く抗うとは思ってもいなかった。先に家督《かとく》の話をしたのも、今思い返せば失策であったな」

「オズワール様も男です。己が家族を作るとなって一皮剥けたのでは？」

「……まあ、大局を見れば望ましい変化でもある。イルムガンドが死んだ以上、オズワールには一人の妻を愛するだけの男でいってもらっても困るしな。それに、ヨシュアの動きを一手封じたと、言えなくもない」

そう語ったアルグリオの口元に、皮肉を感じさせる微かな笑みが浮かんだ。

「と、仰いますと？」

「七人あてがえば、一人は妻となるにして、側室や愛人になる女も出てこよう」

「ええ」

「そして同時に愛人にすら選ばれなかった女も出るものだ」

「でしょうね」

「ヨシュアが用意した女どもはどれも一癖あって、傷一つない女ではない。だが……いずれも家の格は相応の者達だった」

「一癖、ですか」

ルーグはその言葉の意味を知っている。

中にはとても一癖などで済まない背後がある事も。

オズワールと同じ騎士——それも殉職《じゅんしょく》した騎士の妹に、二十歳を過ぎて子も作れないまま離縁されたバツイチ。領地で麦をまとめて枯死《こし》させる魔術を暴発させた者や、名家に間違いはないものの、懐事情がなかなかに笑えない状況にある娘などもいる。

そして極めつけは、二十どころか三十代に入ろうとしているのに、まだ一度の結婚もしていない、とある女性。ルーグの調べによれば、この女性は容姿端麗《ようしたんれい》この上ないという。だがそれゆえに未婚というのが一層の悪い箔《はく》となっている、リミアでも有名な人物だった。一体、中身はどれほど酷いのかと、リミアの皆が恐れている、いわば公認の地雷令嬢である。

もしもルーグがオズワールと同じ立場で、白衣に身を包んだ彼女達が看護と治療を請け負ってくれたとして、果たして誰かと結婚するかと聞かれれば、しないと答える。

だが、オズワールは全員を妻に迎えるという。

一体どのような洗脳、調教……いや、説得が行われたのか。

ルーグは背筋《せすじ》がゾクリと震えるのを感じた。

「振られた相手への嫌がらせや意趣返しも、狭くなった視野では正義として映る。ヨシュアなら、そんな女をホープレイズ家に対する駒に仕立てるのも容易だろう」

「ああ、それは確かに。あまり邪険にもできない、嫌な駒になりますな」

「だがオズワールは全員を娶った。となれば、ヨシュアに靡《なび》く女はおらん。ホープレイズは力ある七家をまとめ上げ、王家を超える程の力を得る機会を、他ならぬ王家から与えられたようなものだ。笑いが止まらんな」

その割に、アルグリオの顔には笑みとは言えない皺《しわ》が寄っている。

「御《ぎょ》しきれれば、でございますな。これからのフォローは相当大変な手間が必要かと……」

「うむ。だから頭が痛い」

「このような美しい景色を見ても気分が晴れぬほどとは……お気持ち、お察しいたします」

多少は巻き込まれるにしても、自分には義父としてのアルグリオほどの心痛はないだろう。

ルーグは心からアルグリオに同情した。

「コレも、頭痛の原因の一つだ、ルーグ。分かっているだろうが」

そう言って、アルグリオは目の前の景色に目を向けた。どこまでものどかで美しい楽園の如きこの場所もまた、アルグリオにとっては心休まるだけではないようだ。

「……はい」

「ナイトフロンタルがこんな変貌を遂げようと、誰が思う。おまけに一人の死者も出さず、全員がリュカに乗って生還し、挙句の果てにはネビロスを上位精霊の力を借りて浄化だと？　このホープレイズ領にネビロスが潜んでいた事からして……ふぅ」

死操《しそう》の魔神ネビロス——不死の軍勢を自在に操る赤衣の骸。

最近湖を作って騒がれている〝にわか魔人〟とは違って、世界の脅威として語られる、立派な厄災だ。

領内に何百万、何千万の死の軍勢が蠢《うごめ》いていたなど、考えるだけでも恐ろしい。

アンデッド達の増殖と瘴気の増大、濃縮。

ネビロスはそうした状況で最終的に発生すると言われる。

「だが、よく生きて還ってくれた」

「その礼でしたら、いずれクズノハ商会の方々に。アルグリオ様が仰ったように、彼らは今回知り合えて本当に幸運だったと断言できる面々でした」

状況や原因を報告書にしたためたり、要人から問われたりする度に、自分でもよくぞ生還したものだとルーグは思う。

同時に、確かに恐怖は刻まれたが、そこまで恐ろしい場でもなかったと感じてしまう一瞬があるのは、クズノハ商会がいてくれたからだと確信していた。

「あのジョイ＝ユネスティも、何やら一本芯が通った様子だった。それほどの体験をして、生きて戻ったのだ。多少は心境にも変化はあろうな……」

「……否定はいたしません。今後の己について、いくつか見定めた事もございますゆえ。もちろん予言通り、お望みでしたら靴《くつ》を舐める覚悟はまだありますので、ご安心ください」

「冗談が過ぎるぞ、ルーグ。儂との縁、邪魔か？」

不敵な笑みを浮かべて問うアルグリオに、ルーグは首を横に振って答える。

「まさか。アルグリオ様にはむしろ一層の感謝と忠誠を。ただ、同じほどに力を傾けねばならぬ案件が一つ二つできました。この歳にして困ったものですよ、我ながら。それに、アルグリオ様はここを王家に返還するようですから？　エンブレイ商会の移転についても、実に頭が痛い状況にあります」

「くく……ここを全部王家にくれてやらねばならんのは業腹《ごうはら》だな。が、安心しろ。確かに返還するとは言ったが、全く口を出さんとは言っとらん。オズワールには、新王都の防衛において相応の地位をあちらに用意させるつもりだし、お前が望む土地に商会を移転させる程度の事は、叶えてやるとも」

「ありがとうございます、アルグリオ様」

「お前がまだ儂につくなら、安い買い物じゃろ。で？」

「？」

「何を始めるつもりでおる？」

「ケリュネオン、覚えておられますか？」

「……無論。あそこのアーンスランド家とは親しく付き合っておったからな」

アルグリオの声に無念がこもる。

他国とはいえ、親しく付き合っていた貴族の危機に、アルグリオは充分に助けの手を差し伸べる事ができなかった。

彼にとって、古く、深い傷だった。

「ステラ砦の遥か向こうに、ケリュネオンはまだ在《あ》るのだそうです」

「？　ルーグ？」

突然世迷言《よまいごと》を言い出した旧友に、アルグリオは怪訝な表情を向ける。

しかし、彼が視線を向けた先には、至って真面目な――いつもの友の顔がそこにあった。

「先日、リミアに湖を作り出した魔人。あれがアーンスランド家に手を差し伸べたとか」

「いや。待て待て、本当に何を言っているのだ、ルーグ」

「クズノハ商会です、アルグリオ様。彼らが私に教えてくれました。ケリュネオンは今、アーンスランド家の令嬢二人を中心に持ち直しているようです」

到底信じられない妄想に声を荒らげたアルグリオの前に、真っ赤なトウモロコシが差し出される。

彼の記憶に鮮烈な印象を残していた、ケリュネオンならではの食材だ。

「馬鹿な!?　こ、これは……あの、あれか!?」

「誰と、どこと、どれだけの関係を築いているのかは分かりません。ですが、クズノハ商会は恐ろしい。彼らは決して商会という組織の物差しでは測れない存在です」

「奴ら、一体どこまでその手を伸ばしている。あの男……何を知り、何を求める」

「よって、手を結ばざるを得ません。彼らを通じてケリュネオンにできるだけの支援を行いたいと考えています。彼らの信用が得られるなら、いずれ現地にも赴《おもむ》きたく」

「本当に、あの国が耐えているというのか？　あの時、あれほど幼かった娘二人が……まだ生きていると？」

「なんでもイルム様は、その令嬢の片割れであるルリア様をロッツガルドでお見掛けしたらしいと、ライドウ殿から聞きました。お優しい方でしたから、もしかしたらその心の隙を、魔族に利用されたのかもしれません」

「……優しい、か。青臭いのだ、あれは」

「イルム様の気質、私は好きでございました」

「……感謝する、ルーグ」

「あとは、この光景ですね。畑違いではありますが、最初はまあ道楽として花など商《あきな》ってみようかと模索しております」

ルーグはナイトフロンタルを見る。

入った時の陰鬱とした沼も霧も、化け物達も、もういない。

奇怪な蟲も……そして、遥か昔を生きた哀れな親子も。

「花、か」

「アルグリオ様は、大昔に花で栄えたシャトーユイという街をご存知でしょうか」

「シャトーユイとはまた、王国の古代史クラスの名を持ち出したな」

「っ、はい」

「儂は歴史全般に詳しいわけではないが、その辺りだけは別だ」

「と、申されますと？」

「賢王問答は知っているだろう？」

「……はい」

まさにその観点から、シャトーユイやネビロスとの関わりを知りたいと思っているルーグだった。

チヤやアニスもかなりの関心を寄せていて、共同で調査すると約束もしていた。

賢王問答とは、要は故事成語だ。

欲をかくとロクな事にならない。

知は欲に勝《まさ》る。

大局を見る目を養え。

——といった、まあ、さして珍しくもない教訓を伝える類の、リミア生まれの言葉である。

「あれの元になった故事で、賢王とやらにやられている貴族はホープレイズ家だ」

「は？」

「以前お前に話した……そう、人の視点や視野、先読みについての訓戒を教えてやった事があったろう」

「十歩先を、五十歩先をというアレですか」

アルグリオから教えを受けたのはかなり前だったが、ルーグはその言葉をつい最近、ライドウから聞いている。

ゆえに、思い出すのは早かった。

「う、うむ。覚えていてくれて嬉しいぞ。あの言葉も当時からずっと我が家に伝わっているものなのだ」

「……」

となれば、シャトーユイがあった頃。

ホープレイズ家はなんらかの形で王家と揉め、結果として賢王問答という故事成語となり、いくつかの類型に分かれながらも愚かな貴族役として不本意ながら語られている、という事だろうか。

今伝えられている故事に、ホープレイズの名は出てこない。

そこはきっと、昔の歴代当主達が面子にかけて力を揮ったからだと考えられる。

「我が家の内々の解釈では、あの一件からの教訓は、ただ王家に追従する存在になるな、だ。あるいは友と認めた者に対しては敵が誰であれその手を差し伸べる事を躊躇するな」

「随分世間に知られる内容とずれているように思えますが……」

「シャトーユイは、当時のホープレイズ家の次期当主と王家における次期王にとってかけがえのない親友だった男が、爵位を得て築いた花の街と伝えられている。彼は圧倒的な力を持った英雄にして、リミアに協力を惜しまぬ者だった」

「っ」

ネビロスと化した男——空木耕作。

その当時の姿が、ルーグに開帳されていく。

もっとも、ルーグ自身はまだ空木耕作という存在に辿り着いてはいない。

ライドウが聞いていれば、様々な点と点が線として繋がる情報だった。

「花……ああ、そうか。そういう事か。洒落た事を考えたな」

一人で得心している様子のアルグリオに、ルーグは首を傾げる。

「？」

「ナイトフロンタル。ここそが、シャトーユイであったか。はは……なるほどな。言い伝えも馬鹿にはならんものだ」

「……」

「シャトーユイの遺跡でも見つけたか、ルーグ。もっとも、今となっては見つけられるかも分からん状態だが」

「何もかもお見通しとは、恐れ入ります」

実態は少し違うが、ルーグはアルグリオの言葉を肯定する。

彼の見立てもまた、間違いではないのだから。

「花にもケリュネオンへの支援についても、協力しよう。それから……あの時の奴隷三人にも何かしてやる気なのだろう？　何かあれば力になろう」

「アルグリオ様……しかしそれは」

「クズノハ商会への利益にも繋がる、か？」

「ええ」

「構わん。王家に高く売れそうなものが見つかったでな。後々への影響はともかく、クズノハ商会は儂の依頼を最高以上の形で果たした。ならば、報いねばならん。ホープレイズの名に懸けてな」

反面、凄まじく舵取《かじと》りの難しい前途を残されたが。

一歩間違えれば、家どころか国も消し飛びそうなほど激動の未来が、口を開けてリミアを待っている。

紛れもなく、クズノハ商会のせいである。

「率直に言わせてもらいます。めげませんね、アルグリオ様は」

「後でお前にも見せてやろう。世にも珍しい人と神との約定書をな」

「人と、神？」

「女神とリミア王家、そしてホープレイズ家が交わした、とある英雄への不干渉を契約により定めた、アーティファクトよ」

「!?」

驚くべき内容に、ルーグが目を見開く。

「ふ……どうやらもう役目も失ってしまった書のようだが、王家はそれなりの対価を払ってでも手に入れたがるだろうな」

「アーティファクト……ホープレイズ家の蔵には、一体何が眠っているんでしょう」

「クズノハ商会のよりはマシだと断言する。ライドウめ、とんでもない事をしてとんでもないものを残して、オズワールともどもやってくれるわ。本当に、まったく……」

アルグリオはほんの小さな声で。

喉の奥で転がすように。

ありがとう、と口にした。

ルーグにはそう聞こえた。

確かめはしない。

これは、自分がそう聞こえたのなら、もうそれで良い事なのだ。

私も彼らに対して他に比べようのない感謝をしています——と、ルーグもただ心の中で同意した。

そして、慌ただしく東屋を後にするアルグリオに付き従う。

ふと、近々ツィーゲで食道楽をしてくると言いそびれた事を、ルーグは思い出したが、まあいいかと、すぐに忘れる事にした。

頭を切り替えれば、七人の嫁を抱えるオズワールの代のホープレイズの未来が広がる。

……かなり波乱万丈な道行きなのは間違いない。

多くの事がこの短い間に激変した。だが、まだ続いていく。

何もかもが終わってしまったわけではないのだ。

足掻く余地がある幸せを、ルーグ＝エンブレイはしみじみと感じていた。

Tsuki ga michibiku isekai douchu.
月が導く異世界道中
原作 あずみ圭
漫画 木野コトラ
1～14
シリーズ累計420万部!(電子含む)
TVアニメ第3期制作決定!!
とことん不運、されどチート!!
薄幸系主人公の異世界放浪記
主人公・深澄真は両親の都合で、不運にも異世界へと召喚される。しかもその世界の女神に「顔が不細工」と罵られ、問答無用で最果ての荒野に送り込まれてしまう。人の温もりを求めて荒野をさまよう真だが……。
●B6判 ●14巻 定価:770円(10%税込)／1～13巻 各定価:748円(10%税込)
無料で読み放題
今すぐアクセス!
アルファポリスWebマンガ
コミックス好評発売中
月が導く異世界道中
14
あずみ圭
木野コトラ
420万部
おかげさまでTVアニメ第3期制作決定!

HIROAKI NAGASHIMA
永島ひろあき
さようなら竜生、こんにちは人生
GOOD BYE, DRAGON LIFE.
シリーズ累計
100万部!
(電子含む)
1~24
TVアニメ
2024年10月より
TBSにて放送開始!!
最強最古の神竜は、辺境の村人ドランとして生まれ変わった。質素だが温かい辺境生活を送るうちに、彼の心は喜びで満たされていく。そんなある日、付近の森に、屈強な魔界の軍勢が現れた。故郷の村を守るため、ドランはついに秘めたる竜種の魔力を解放する!
1~24巻 好評発売中!
各定価：1320円（10%税込）
illustration：市丸きすけ
コミックス1~12巻
好評発売中!
漫画：くろの　B6判
各定価：748円（10%税込）

Re:Monster
リ・モンスター
金斬児狐
Kanekiru Kogitsune
1〜9・外伝
8.5
暗黒大陸編1〜4
シリーズ累計
170万部
(電子含む)
突破!
大人気!
TVアニメ化作品!
ネットで話題沸騰!
怪物転生ファンタジー
最弱ゴブリンの下克上物語 大好評発売中!
コミカライズも大好評!
Re:Monster
リ・モンスター
金斬児狐
転生したのはまさかの最弱ゴブリン!?
ネットで超人気!
怪物転生ファンタジー
【小説】
1〜9巻/外伝/8・5巻
◉各定価:1320円(10%税込)
◉illustration:ヤマーダ
新章
Re:Monster
リ・モンスター
暗黒大陸編
THE DARK CONTINENT
1
金斬児狐
最弱ゴブリンから最強黒鬼
そして新世界の伝説へ!
新たな旅が今始まる!
累計65万部!
新シリーズ!
【小説】
1〜4巻(以下続刊)
◉各定価:1320円(10%税込)
◉illustration:NAJI柳田
Re:Monster
リ・モンスター
1
転生したのは…最弱ゴブリン!?
異世界下克上
サバイバルファンタジー
累計23万部突破!!
待望のコミカライズ!!
【漫画】
1〜11巻(以下続刊)
◉各定価:748円(10%税込)
◉漫画:小早川ハルヨシ